黒豹注意報４

～純情ＯＬタンポポの成長～

もくじ

黒豹注意報４

前巻のおさらい

ここは、日本最大手の文具メーカーの社屋《しゃおく》からほど近い場所にあるカフェ。その店内の一角で、中村留美《なかむらるみ》と竹若和馬《たけわかかずま》は向かい合って座っていた。同じ大学出身で、会社の同期でもある二人の間には、性別を超えた友情が成立している。昔はよく行動を共にしていたが、最近こういう機会は滅多《めった》になくなっていた。なぜならば……

「タンポポちゃんは一緒じゃないの？」

心底不思議に思い、留美は問いかける。

「タンポポちゃん」とは、留美と同じ総務部に所属する後輩社員、小向日葵《こひまり》ユウカのこと。苗字が小さいヒマワリだから、黄色い花繋がりで「タンポポちゃん」というあだ名で呼んでいる。

短大卒で入社した彼女は、課の中で一番若く、また小柄で幼い顔立ちをしているため、妹のような存在だ。その可愛い妹は、目の前の男、竹若の恋人でもある。

付き合い始めてから、竹若はユウカにべったりで、こんな風に別行動をとるのは珍しい。もっとも、三人でお茶をしようという約束で今日も集まっているのだから、そのうち彼女も合流することになるのだけれど。会社からこのカフェまでも、一緒に来るものだと思っていた。

「ユウカは片付けておきたい仕事があるというので、私だけ先に来たのです。本当は待っていて一緒に来たかったのですが、傍にいると集中できないと言われてしまいましてね。仕方なく」

竹若は憂《うれ》いを帯《お》びた声で言い、運ばれてきたコーヒーを一口飲む。

社長秘書兼SPを務める彼は、黒髪に切れ長の目が特徴の和風美青年で、たとえるならば黒豹《くろひょう》のような人物。そんな彼が今みたいにアンニュイな表情をしていると、妙に色っぽい。

学生時代からの付き合いである留美は見慣れていてどうってことないが、近くの席に座っている女の子たちは彼を見てキャアキャアとささやき合っている。

「……ったく、タンポポちゃんの残りの仕事が終わればすぐ会えるのに、なんて顔するのよ。ていうか、どんだけタンポポちゃんが好きなのよ」

留美ははぁっとため息を吐いてから、ミルクティーを一口啜《すす》る。

「タンポポちゃんと付き合いだしてからの竹若君は、まるで別人よね。そんなふうに他人に執着《しゅうちゃく》するあなたを、見たことなかったわ」

留美の言葉に、竹若は苦笑いした。

「そうかもしれませんね。ユウカに出逢うまで、私はそういった感情を抱いたことがなかったものですから」

「そうそう、聞いたわよ。つい最近も、白猫のコスプレをしたタンポポちゃんを、意味不明な理由

「で連れ去ったんですって？」

いたずら好きな後輩が、ユウカに猫耳カチューシャと猫手グローブを装着させたいきさつを、留美は後になって聞いたのだ。

その話を聞いた時のことを思い出して半笑いの留美に、竹若はシレッと返す。

「人聞きの悪いことを言わないでください。野良猫《のらねこ》を社内で発見したら、速《すみ》やかに外へ連れ出すべきでしょう。私は最善の策をとったまでですよ」

「なに言ってんの！　自分の家に連れ帰りたかっただけでしょうが」

ユウカと付き合い出してからの彼は、思考がぶっ飛んでいる。今も、あまりの言い草に、めまいがしてきた。留美は気を落ち着かせようと、ミルクティーをもう一口含む。

竹若は極上の笑顔でさらに言う。

「あんなに愛らしいユウカを見て、我慢できるはずなどありませんよ」

「いちいちドヤ顔するのやめてくれる？　そういえば、ただ連れ出すだけじゃなくて、お姫様抱っこした上に、公衆の面前で鼻にキスまでしたんですってね」

恥《は》ずかしがり屋のユウカを不憫《ふびん》に思い、社内で平然と暴走行為を繰り返す竹若を睨《にら》んだ。

しかし、その程度で怯《ひる》む男ではない。

「私たちの関係を見せ付けて、悪い虫が寄り付かないようにするためですよ」

さも当然という態度で言ってのける友人に、留美はやれやれと軽く首を振る。

「まぁ、タンポポちゃんってそういうことには鈍いから。自分がけっこうモテモテだって気が付いてないものねぇ」

留美の言葉に、竹若は深くうなずく。

「無邪気なのは彼女の長所ですが、周囲の男性に警戒心を持っていただかないと」

「私としては、あんたはもう少し羞恥心《しゅうちしん》を持つべきだと思うけど。タンポポちゃんは竹若君といると、いつも顔を真っ赤にしているじゃない。あんたが余計なことをやらかすから、あの子が羞恥《しゅうち》地獄に陥《おちい》ってるんでしょ！」

留美のことなどおかまいなしにコーヒーの香りを楽しんでいた竹若が、動きを止めた。

「余計なことではありませんよ。中村君が言う通り、ユウカは異性から向けられる好意に気が付かない質《たち》ですからね。彼女のためにも、私が率先《そっせん》して害虫駆除《くじょ》を行わなくては」

「それは大事なことだけど、ちょっとやり過ぎだって言ってるの。はぁ、それにしても、あれだけ公開羞恥《しゅうち》プレイをされているのに、竹若君と別れようとしないなんて。タンポポちゃんって、ある意味タフよねぇ」

ポットから紅茶を注《そそ》ぎながらポツリと零《こぼ》すと、「愛し合っているということですよ」と、竹若が即座に返してくる。

留美はだんだん面倒くさくなってきて、やや乱暴にポットをテーブルに置いた。

「……なんかムカつくわ。腹いせに、タンポポちゃんと二人で温泉旅行にでも行って気晴らししようかしら」

名案を思い付き、留美は表情をパッと明るくした。反対に、竹若の表情は曇《くも》る。

「女性二人で温泉旅行となれば、当然一緒に入浴するつもりですよね。私ですらユウカと入浴したことはないのですから、やめてください」

「え～、どうしようかなぁ」

ニヤニヤと笑う留美に、竹若も笑顔で応戦する。ただ、彼の目は、まったく笑っていない。

「考え直してくださらないと、毎朝、モーニングコールしますよ。ユウカいわく、うっとりするほどいい声らしいですから、楽しみにしていてくださいね」

途端《とたん》に、留美は青ざめる。

「やめてよ！　朝から気分が悪くなるわ！　分かったから、竹若君も必要以上に社内でタンポポちゃんをかまうのはやめなさい」

「つまり、必要であれば人前でもユウカをかまってもいいと」

「……あんたはまた、自分の都合いいように解釈《かいしゃく》して。と・に・か・く、誰かがいるところでイチャコラするのはやめなさいっての。人目もはばからずイチャつくなんて、あんたの元カノが見たら卒倒《そっとう》するわよ」

竹若は静かに、だがきっぱりと言い返す。

「会うつもりはまったくありませんので、その心配はありませんね。それに、ユウカ以外の女性にどう思われても関係ありません。私はこの先ずっと、ユウカ一筋ですから」

それを聞いて、留美は短く息を吐いた。

「竹若君って相変わらずモテるけど、浮気しそうにないところが救いよねぇ。異常なほどの独占欲と執着心《しゅうちゃくしん》は、ちょっぴり鈍いタンポポちゃんにはちょうどいいのかしら」

「できることなら、今以上にユウカのすべてを独占したいものです」

竹若が言うと本気で実行しそうに思えて、留美はますます青ざめる。

「やめなさい。それ、監禁《かんきん》するって言ってるのと同じよ？」

「ユウカのこととなると独占欲や嫉妬心《しっとしん》がとめどなく湧《わ》いてくるんですよ。彼女は、私にとって特別なのです」

コーヒーを一口飲んでカップを置いた竹若は、真剣な眼差《まなざ》しで正面の友人を見遣《みや》った。

彼の気持ちは分からないこともないが、大事な後輩のためにも留美としてはこれ以上の暴走を容認する訳にはいかない。

「監禁《かんきん》は絶対にダメ。でもさぁ、大学時代に付き合っていた彼女たちに対しても、それなりに独占欲ってあったんじゃないの？」

問われた竹若は、僅《わず》かに目を伏《ふ》せた。

「付き合っていた女性たちのことは、確かに他の女友達とは違う存在だと、当時の私も思っていました。ですが、私がユウカに抱いている感情とはまったく違います。そういう意味で、彼女たちは私にとって本当の恋人ではなかったのかもしれません」

「もともと、竹若君は押し切られる形で付き合い始めたんだものね。それも仕方ないかぁ。特に、最後に付き合った津島《つしま》さんは強烈《きょうれつ》だったわ」

津島、という名前を聞いた途端《とたん》、竹若は重いため息を吐いた。

「大学時代もそうですが、先日も彼女のせいで苦労しましたよ」

「タンポポちゃんをわざわざ訪ねて来て、竹若君と別れるよう迫ったんでしょ？　何日か前から、あの子を付け回していたらしいわね」

「そうなんですよ。私が仕事に追われてユウカと会う時間がなかったために、対処が遅れてしまいまして。こんなことなら、仕事などすぐさま放り出すべきでした」

悔《くや》しさを露《あら》わにして、膝《ひざ》の上で拳《こぶし》を握り締める竹若。すかさず留美は突っ込む。

「……それ、社会人として失格だからね」

留美が諌《いさ》めると、竹若は苦笑いした。

「冗談です。まぁ、狡賢《ずるがしこ》い津島さんのせいで引っ掻《か》き回されましたが、おかげでユウカは恋愛のなんたるかを少し掴《つか》んだようですよ。そうそう、中村君もユウカが気付く手助けをしてくれたと聞きました。私からもお礼を言わせてください」

姿勢を正した竹若が、頭を下げる。かしこまった彼の様子を見て、留美は軽く肩を竦《すく》めた。

「タンポポちゃんたら、お似合いの意味を勘違いしていたんだもの。誰からも否定されないくらい、見た目や能力の釣り合いが取れていることがお似合いだって考えていたみたいだからね。お節介《せっかい》とは思ったんだけど、放っておけなくて。……で、そこにきて容姿端麗《ようしたんれい》な津島さんの登場とあって、タンポポちゃんは心穏やかじゃなかったみたいだったし」

「まさか復縁を迫られるとは、思いもしませんでした。無理やり撮った私とのツーショット画像をユウカに見せながら『自分たちは付き合っている』という嘘までついて」

心を落ち着かせるように、竹若はゆっくりとコーヒーを口に含む。

留美は自分にとっても大学時代の同級生である津島の姿を思い浮かべながら返した。

「根性が曲がった彼女なら、そのくらいはやりそうね。それでタンポポちゃんに、『子供っぽいあなたは竹若君に相応《ふさわ》しくない。私のような美人じゃなきゃ釣り合わないわ』とか言ったりして」

「さすが中村君、鋭《するど》いですね。まさにその通りでした」

疲れた声で零《こぼ》す竹若に、留美は苦笑する。

「あらら～。津島さんは学生時代とまったく変わってないのねぇ。お似合いって、そういうことじゃないと思うんだけど。そういう人と付き合ったら、恋愛するのが嫌になりそうだわ。ああ、だから竹若君は、津島さんと別れてから誰とも付き合わなかったの？」

竹若は口の端を少しだけ上げて、弱々しく笑う。

「私自身が恋愛を望んでいなかったことも要因でしょうが、その頃には自分の外見ばかりが評価されることに、精神的に疲れていたのですよ」

「当時は、竹若君を見せびらかすことで優越感に浸《ひた》りたいって女性が群《むら》がっていたものね。ひどいわ、竹若君はアクセサリーじゃないのに」

竹若の虚《むな》しさが分かるような気がして怒ると、彼の表情が優しくなった。

「今の中村君のセリフと同じことを、ユウカも感じ取ってくれましてね。私が持つステータスだけが好きなのではないか、と言って津島さんを問いつめたそうですよ」

「タンポポちゃん、随分《ずいぶん》と鋭《するど》いじゃない」

恋愛初心者のユウカの成長を知り、留美は目を瞠《みは》った。その様子を見ながら、竹若は穏やかに話しかけてくる。

「さらには『彼を引き立て役に使うなんて許さない！　優しい彼を、私の大切な恋人を、これ以上傷付けるなんて絶対に許さない！』と、涙を流しながら叫んでくれましてね」

留美は椅子《いす》の背にもたれかかり、感慨《かんがい》深く思いながら息を吐いた。

「はぁ、驚きだわ。タンポポちゃんが、あの津島さんにそんなことを言ったとは」

「それだけ私のことを愛してくださっているのですよ」

満面の笑みを浮かべる竹若を、留美はチラリと見遣《みや》る。

「いちいち突っ込むのも馬鹿らしくなってきたわ。あ～、はいはい。好きなだけ惚気《のろけ》なさいよ」

留美がそう言うと、竹若の形のいい目がゆるりと弧《こ》を描《えが》いた。

「ユウカは、今まで誰も守ってくれなかった竹若和馬という人間の心を守ってくれたのです。そのような女性はユウカが初めてでした」

「タンポポちゃんは不思議な子だわ。まだ幼くて不安定なところがあるかと思えば、人間にとって本当に大事なものを無意識に理解しているんだもの」

それを聞いた竹若の表情は、さらに甘く蕩《とろ》けたものに変わっていく。

「だからこそ私は心底惚《ほ》れ込み、愛してやまないのです。津島さんの一件で、お似合いとは、気持ちが重なり合うことではないかと気付いた時のユウカは、とても晴れやかな表情をしていました。それがまた大変愛らしく、私は惚《ほ》れ直しました。世界中の誰よりもなによりも、ユウカの存在は魅力的です。私はこの先も、数え切れないほど、彼女に惚《ほ》れ直すことになるのでしょう」

「……好きなだけ惚気《のろけ》てもいいとは言ったけど、やっぱりムカつくわ。もうお腹いっぱいで、これ以上二人のイチャイチャを見るのはごめんよ。というわけで私、今日はこれで帰るから。この後は二人きりで、楽しくお茶でもしなさいよ」

バッグを手に、留美は勢いよく席を立つ。

「なにをおっしゃいますか。私とユウカの愛に溢《あふ》れまくる日常を、まだまだたっぷりお聞かせしますよ」

ニッコリと笑う竹若に、留美はグッと眉を寄せた。

「やめて、絶対に胸焼けする！　精神的苦痛を味わわせた慰謝料《いしゃりょう》として、支払いはよろしくね！」

声高に叫んで去ろうとしたら、竹若はカップに残っていたコーヒーを飲み干してついて来る。

「では、私も店を出るとしますか。ユウカの話をしていたら、今すぐにユウカを抱き締めたくなりました。やっぱり会社に彼女を迎えに行きます」

……こうして、竹若によるユウカ溺愛《できあい》ストーリーは、新たな幕を開けるのだった。

第一章　あなたの笑顔のためならば

1　スィート・デンジャラス・ホワイトデー

三月のおわりに差し掛かると、木々は競《きそ》うように桜の花を咲かせ、お花見日和《びより》が続いていた。ここ数日の雨で、少し花びらが落ちてしまったけれど、真新しい葉を付けた桜の木もなかなかいいものだ。

花の儚《はかな》い美しさとは違い、生命力に溢《あふ》れる力強い感じも私は好き。色鮮やかな緑を見ていると、自然とやる気が湧《わ》いてくる。

私、小向日葵ユウカは総務部の窓から見える桜の木を眺《なが》めながら、そんなことを考えていた。

この会社に就職して、もうすぐ一年。私はこの春、めでたく社会人二年目を迎える。

昨年に引き続き、広報課の社員として社内報や商品カタログを作るのが私の仕事だ。

年度が変わっても業務内容に大きな変更はなく、さしあたっての問題もない。

しかし、新入社員が入ってくれば、状況は少し違ってくるだろう。来週行われる入社式以降は、社内が確実に慌ただしくなる。

自分の時もそうだったけれど、新人が職場や業務に慣れるまでは、本人はもちろんのこと、周りもそれなりに大変になるはず。

これまでは教えてもらう立場だった私にも、後輩という存在ができるのだ。もう、新米ＯＬとは言わせないぞ。先輩としての威厳《いげん》を保つためにも、これまで以上に頑張って仕事をしなくては。

……と、その前にエネルギー補給だ。

仕事がひと段落し、両手を大きく上げて伸びをする。時計を見ると午後三時を回っていた。

「よし、休憩《きゅうけい》だ！」

仕事の能率を上げるには、気分転換となる休息も重要。そして、脳のエネルギーとなる糖分も必要だ。

あ、あのね、これは食いしん坊だからじゃないよ。人間の脳はね、ブドウ糖をエネルギーにして動いているんだって。だから、甘いものは必要なの。ダイエットを忘れた訳じゃないんだよ！

と、誰に聞かせるでもない言い訳を心の中で繰り返しつつ、私はバッグの中から小さな紙包みを取り出す。

午前中、部長に頼まれて外出した帰りに、通り沿いにあった和菓子屋さんで桜餅《さくらもち》を買ったのだ。

濃厚なチョコも、クリームたっぷりのケーキも、サクサクのクッキーも好きだけど、和菓子も大好き。

それに、桜餅《さくらもち》はこの時期にしかお目にかかれないしね。今食べなかったら、いつ食べるのよ！

日本人なら四季を大事にしないと！

ウェットティッシュで手を拭《ぬぐ》い、いそいそと包みを開く。すると、桜の葉の香りがほのかに漂《ただよ》ってきた。

「はぁ。この香り、落ち着くなぁ」

しばらく独特の香りを堪能《たんのう》した後、大きく口を開けてパクリ。

桜の葉を剥《は》がしてしまう人も多いみたいだけど、私はそのまま食べる。あんこの甘みと、葉の塩気が相まって好きなのだ。

「この生地、美味しいなぁ。あんこの甘さもちょうどいいし」

ご機嫌でムグムグと食べ進めているところに、優しく声を掛けられた。

「タンポポちゃん、お疲れ様」

声がした方に顔を向けると、留美先輩がいた。

「あら、桜餅《さくらもち》を食べてるの？」

「はい。お店に並んでいるのを見たら、食べたくなっちゃって。よかったらいかがですか？　先輩の分も買ってありますよ」

ふたたび手を拭《ぬぐ》ってバッグから紙包みを取り出した私の頭を、先輩がほっそりした指で優しく撫《な》でた。

「ふふっ。タンポポちゃんは、余すところなく桜を満喫しているわね。花は写真に収めて、葉は胃に収めて」

社屋《しゃおく》西側に並ぶ桜が見頃だった時期に、留美先輩に絶好のポイントを教えてもらい、そこで趣味である写真を撮ったのだ。

そして今は、文字通り葉っぱをお腹に収めている。

「そうですねぇ。目でも舌でも楽しめる桜って、本当にいいものですよねぇ」

しみじみと答えると、留美先輩が小さく笑った。

「タンポポちゃんらしい感想ね」

「それは私が食いしん坊ってことですか？」

「否定できる？」

ニッコリ笑う留美先輩に、「……いえ、できませんねぇ」と、私は苦笑する。

「別にいいじゃない、食いしん坊でも。タンポポちゃんが美味しそうに食べている姿、すごく好きだわ。見ている私まで幸せな気分になるもの」

「そうですか？」

食いしん坊なところを褒《ほ》められるのなんて、私くらいではないだろうか。

そう思ってさらに苦笑いを深めると、また頭を撫《な》でられる。

「ええ、そうよ。じゃ、私からもタンポポちゃんにプレゼントをあげるわ」

「なんですか？」

「これ、好きでしょ。この前も大喜びして食べていたわよね」

そう言って先輩が差し出してきたのは、有名パティスリーの名前が入った包装紙をまとった小箱。

「きゃーーーーー！」

その箱を見た途端《とたん》、私は思わず声を上げる。けれどそれは、歓喜によるものではなく、羞恥《しゅうち》の悲鳴《ひめい》だった。

「え？　ちょっと、タンポポちゃん？」

大好物を前に悲鳴《ひめい》を上げて顔を真っ赤にしている私を見た先輩は、意味が分からない、といった様子で首を捻《ひね》る。

「どうしたって言うのよ？　このお店のマカロン、好きだったじゃない。嫌いになったの？　っていうか、なにを恥《は》ずかしがってるのよ？」

「あ、あの、その、大好きですよ。ただ、今は、なんて言いますか……」

火照《ほて》った顔を両手で押さえ、デスクに伏《ふ》せてモゴモゴと口ごもる私に、留美先輩は困惑《こんわく》気味。

先輩が買ってきてくれたマカロンは、正真正銘《しょうしんしょうめい》、大好物だ。

正確には、大好物だった――約二週間ほど前までは。

いや、まぁ、マカロン自体は今でも大好きではある。ただ、それにまつわる思い出が蘇《よみがえ》ると平常心でいられなくなるのだ。

それというのも……

今月の十四日、ホワイトデーの日。

朝一番で届いた和馬さんからのメールには、『バレンタインのお返しをユウカに渡したいです。仕事の後、都合はいかがですか？』とあった。

人生初の手作り本命チョコを渡して、もう一ヶ月が経つのかと、時の速さをしみじみ感じる。

だが、バレンタインの時に、私は和馬さんからもチョコをもらった。だから、私が彼になにかをもらうのはおかしいと思う。

そのことをメールに書いて返信すると、

『私が用意したチョコは既製品《きせいひん》です。ユウカが私のために手作りしてくれたチョコほどの価値はありませんよ。ですから、是非《ぜひ》ともお礼がしたいのです』

と返ってきた。

いやいやいや、そんなはずはあるまい。彼がプレゼントしてくれたチョコは、味に比例して値段も高い物だったのだ。

改めて「お返しは必要ないですよ」と送ると、すぐさま返信が。

『恋人である私に遠慮《えんりょ》などしないでください。ユウカはもっと私に甘えて、もっと私にワガママを言うべきですよ。それに、ユウカが受け取ってくれなければ、用意した品が無駄《むだ》になります。私のためにも、どうか受け取ってください』

それを見て、ちょっと笑ってしまった。

「和馬さんは私を甘やかしすぎだよ」

私は少し考え、「仕事の後に会いましょう」とメールを送る。そして、背伸びを一つした後にベッドから抜け出した。

「これでも十分甘えてるんだけどなぁ」

子供っぽくても、恋愛ごとに不慣れでも、和馬さんは私に対して不満を言ったことは一度もない。そういった素振りすら見せない。

七歳も年上の和馬さんには今みたいなお付き合いは物足りないだろうと思うのに、それでも彼は目一杯私のことを愛してくれている。まっすぐに気持ちを向けてくれる。

もう十分なのにこれ以上甘やかされると、和馬さん抜きでは生きていけなくなってしまいそうだ。

そんなことを考えていると、また携帯電話がメールの着信を告《つ》げた。

「ん？　和馬さんだ。やっぱり都合が悪くなったから、今夜は会えないとか？」

社長の第一秘書として忙しい彼だから、数分で予定が変更になる場合も多い。

そういったことを想定しながらメールを開いたら、

『ユウカが私抜きで生きていけないのであれば、それこそ望むところですよ』

と書かれている。

その文面を見た途端《とたん》、私は顔が軽く引き攣《つ》った。

「うわぁ！　なんで和馬さんは、私が考えていることが分かるの⁉」

我が彼氏様は、今日も素晴らしく勘《かん》が冴《さ》えているのであった。


こうして、その日も仕事を終え、いつものように和馬さんが総務部まで迎えに来てくれるのを待つ。帰りに一緒に夕飯の買い物をして、彼のマンションへやってきた。

夕飯のメニューは鶏肉と長ネギの雑炊《ぞうすい》に、中華風春雨《はるさめ》サラダ。それに大根とツナの煮物だ。ホワイトデーのプレゼントを用意してくれた和馬さんに、せめてものお礼として彼の好きなものを作ることにした。

どれも簡単に作れるからこれをお礼にしてしまうのは申し訳ないと思うんだけど、和馬さんが食べたいというのだから、まぁいいか。

ほどなく夕飯ができあがり、二人で食卓につく。

和馬さんはどの料理も美味しいと言ってくれた。食後、リビングのソファに腰を下ろしたところで、件《くだん》のマカロンが登場したのだ。

「はい、どうぞ。バレンタインのお返しですよ」

和馬さんが小ぶりの箱を差し出してきた。

品のよいサーモンピンクの包装紙を見ただけで、私には中身が分かる。思わず顔がにやけてしまった。

それはここ最近、私のテンションを急上昇させてくれるアイテム。スィートパレスのマカロンだ。

「うわぁ、ありがとうございます！」

マグカップをローテーブルに置き、満面の笑みで小箱を受け取る。

ここ数年ブームになっているマカロンは、割とどこでも手に入るようになった。

ところが、このスィートパレスのマカロンは、他のお店のマカロンとはまるで別格なのだ。さすがは有名な専門店である。

マカロン生地のサクッとした歯触りといい、間に挟まれているクリームの種類の豊富さといい、文句《もんく》のつけどころがない。そして彩《いろど》りや味も、もちろん抜群《ばつぐん》。

以前、留美先輩からお裾《すそ》分《わ》けしてもらって以来、私はすっかりこの店のマカロンに夢中なのだ。

だけど、そのことを和馬さんには話していない。下手に教えると、仕事で忙しいのに、彼は店まで買いに走るだろうから。

仕事を抜けて菓子店に向かう和馬さんの話は、これまでに社長から何度も聞いているのだ。

……色々な意味で申し訳ない。


――内緒にしていたのになぁ。

いくら勘《かん》のいい和馬さんでも、この店と品名をピタリと当てるのは難しいはずだ。

小箱を撫《な》でながら首を傾《かし》げていると、和馬さんがクスリと笑う。

「中村君に聞いたんですよ。このところ、ユウカが一番気に入っている店とお菓子の種類を」

ああ、そうか。仲のいい留美先輩に聞いたのか。それなら納得だ。ちょっと盗聴器《とうちょうき》の存在を疑ったよ。

恋人とはいえ、盗聴器《とうちょうき》を仕掛けられたら、思いっきりドン引きである。

というか犯罪だ。

――よかった。和馬さんが犯罪者じゃなくて。

微妙な笑みを浮かべている私を、和馬さんが不思議そうに見ている。

「どうしました？」

「い、いえ、なんでもないです。さっそく開けてみちゃおうかなぁ。わぁい、楽しみ～」

内心を悟られないうちに、私はいそいそとホワイトデー仕様の包装紙を解《と》く。しっかりした造りの箱を開けると、やはりマカロンが現れた。

以前食べたことのあるストロベリー味のマカロンよりも、少しピンク色が濃い。添えられているカードには、この時期限定のラズベリー味と書いてあった。

そのマカロンを眺《なが》めながら、私はあることに思い至る。

スィートパレスに限らず、甘い菓子類を扱っている店は、総じて女性客が多い。バレンタインの時もそうだったけれど、和馬さんは女性客の多い店に行くのが恥《は》ずかしくないのだろうか。

「あの……、ごめんなさい」

私が謝ると、和馬さんは心底不思議そうな顔をして首を捻《ひね》る。

「なぜ謝るのですか？　そのマカロンは気に入らないということでしょうか？」

ブンブンと首を横に振り、彼の言葉を否定した。

「いえ、違います！」

「では、なにに対しての謝罪ですか？」

「それは……、私が食いしん坊なばっかりに、和馬さんをしょっちゅう大変な目に遭《あ》わせてしまっているなぁって」

するとと和馬さんは優しく目を細めて、ポンポンと私の頭を軽く叩いた。

「なにを言うのですか。ユウカのためなら、私はなんでもします」

マカロンの箱を手にシュンと俯《うつむ》く私を、和馬さんは右腕で抱き寄せる。

「以前も話したように、込み合う店内での買い物は少々大変ではありましたが、ユウカの笑顔を見るためでしたら、恥《は》ずかしいと思うことなどありませんよ」

「そうは言っても……」

言いかけた私の唇を、和馬さんの左人差し指がピトッと塞《ふさ》ぐ。

「ユウカの笑顔が見たいという、自分のワガママを押し通しているだけです。あなたはなにも気にすることなく、そのマカロンを受け取ってくだされればいいのですよ」

穏やかな笑顔で、優しく告《つ》げる和馬さん。

「そして、できることなら謝るのではなく、とびきりの笑顔で『ありがとう』と言ってほしいです」

彼の人差し指がゆっくりと離れてゆく。

私は顔を上げ、和馬さんを見つめた。

「ありがとうございます。すっごく嬉しいです！」

私は心の底から感謝の気持ちを込めて、笑顔を向けた。

そんな私を見て、和馬さんも満足そうな微笑《ほほえ》みを浮かべる。

「やはり、ユウカの笑顔は最高に素敵ですね」

私の笑顔一つで浮かれるだなんて。言葉は悪いが、和馬さんは随分《ずいぶん》とお手軽な人ではないだろうか。

私はかなり感情が表に出るタイプだから、嬉しかったり楽しかったりすれば、すぐに笑う。

そんな私の笑顔は貴重でもなんでもなくて、あまり価値はないように思うけれど。

そういったことを和馬さんに話すと、彼は形のいい目をユルリと細めて首を横に振った。

「会社などで笑っている時の顔ももちろん素敵ですが、私だけに見せてくれる特別な笑顔というものがあるのですよ」

「え？　『特別な笑顔』ですか？」

意外なことを聞き驚いていると、彼の手が伸びてきた。そして大きな手の平が両頬をフワリと包み、そっと彼の方へ顔を向けさせられる。

「私のことが大好きだという気持ちのこもった笑顔なんですよ。美味しいものや可愛い動物を前にした時の笑顔とは、いくぶん表情が違うのです」

まっすぐに私を見つめ、和馬さんが穏やかに告《つ》げた。

頬に伝わる温もりと彼の発言が恥《は》ずかしくて、私はちょっとだけ目を伏《ふ》せる。

気恥《きは》ずかしくて忙《せわ》しなく視線を彷徨《さまよ》わせていたら、和馬さんがクスリと笑った。

「もしかしたら、私の思い込みなのかもしれませんがね。まぁ、ユウカの笑顔が見られるだけで私は十分満足ですから、実際のところとは違っていてもかまいませんけれど」

苦笑する彼に、私は小さく首を横に振る。それから頬に触れている和馬さんの手に、自分の手をオズオズと重ねた。

「ユウカ？」

名前を呼ばれ、私はもう一度首を横に振る。

「お……、思い込みなんかじゃ、ない、ですよ」

たどたどしいながらも、私は言葉を紡《つむ》ぎ続ける。

「だって……、和馬さんのことが大好きなのは、ほ、ほ、本当のことですし……」

顔を真っ赤にしてモゴモゴと話す。

恥《は》ずかしがってばかりの私だけど、大事なことはきちんと言葉にしないといけないのだと、最近になってやっと気が付いた。

私は和馬さんが向けてくれる「好き」や「愛してる」の十分の一も返せていないだろう。それでも、言わなくてはいけないと感じた時には、ううん、言いたいと感じた時には、ちゃんと伝えた方が、和馬さんだって嬉しいいんじゃないかな。

はにかみながらも自分の気持ちを言葉にすると、和馬さんは親指の腹で私の頬の丸みを優しく撫《な》でてくる。

「全開の笑顔を見せてもらえるだけではなく、こんなに嬉しい告白を聞かせていただけるとは」

伏《ふ》せていた視線をチラッと上げて様子を窺《うかが》うと、和馬さんは幸せそうに微笑《ほほえ》んでいた。

そんな彼を見て、私はちょっとだけ罪悪感を抱く。

これまで一緒に過ごしてきた時間の中で、彼にばかり好きだと言わせている自覚が嫌というほどあるのだ。

「あの……。これからはもっと言いますね」

そう告げると、和馬さんは「あなたはそのようなことを気にしないでください」と返してきた。

「でも……」

口ごもっていると、和馬さんは手の平に少し力を入れて私の頬を包み込む。

「もちろん、言ってもらえることは大変嬉しいのですが、無理をして言うなら、私の本意ではありません」

俯《うつむ》き気味だった私の顔を軽く上向きにさせ、和馬さんは視線を合わせてくる。

「恥《は》ずかしがり屋のあなたの口から、滅多《めった》に聞くことのできない告白だからこそ、価値があるのです」

優しい表情の彼を見つめ返しながら、私は疑問を言葉にした。

「じゃあ、いつの日か、私が顔を合わせるたびに『和馬さん、大好き』って言うようになったら、価値がなくなってしまいますか？」

その言葉に、和馬さんは即座に首を横に振る。

「いいえ。たくさん言ってくださるようになっても、それはそれで、私はやはり嬉しく思います」

「えー？　結局、私はどうしたらいいんですか？」

困惑《こんわく》の表情を浮かべる私に、彼はニコリと笑った。

「ですから、どうもしなくていいのですよ。あなたが言いたい時に言ってくだされば、それで私は満足なのですから」

なんだか和馬さんに申し訳ない気もするが、本人がそれでいいというのであれば、気にすることはやめた方がいいのだろう。

ぎこちない告白は、かえって和馬さんに気を遣わせてしまうかもしれない。

しばらく考えた後「分かりました」と言ってうなずくと、頬にあった手がスルリと離れてゆく。

「私は、そのままのユウカを愛していますから。あなたが変わっても変わらなくても、ユウカを愛しいと思う気持ちは同じです」

そう言いながら、和馬さんが抱き締めてくる。

優しい言葉と温もりに包まれ、私は耳まで真っ赤にしつつ、精一杯、彼を抱き締め返した。

……という、なんとも甘々で、とても他の人には聞かせられないようなやりとりを、マカロンを受け取った時に繰り広げたのだ。

しかも、ここまででも十分恥《は》ずかしいのに、この話にはまだ続きがあって……


和馬さんの甘い告白を聞いた後でも、目の前にあるマカロンを忘れた訳ではない。

私は改めてお礼を述べて、鮮やかなピンク色のマカロンに手を伸ばした。

「いただきます」

一口かじって、思わず顔が綻《ほころ》ぶ。じっくり噛《か》み締めて、また顔が綻《ほころ》ぶ。

「はぁ、美味しい〜」

あっという間に一つ食べ終え、即座に二つ目に手を伸ばす。

満面の笑みで食べ進める私を、横にいる和馬さんがなにやら熱心に見つめている。

その視線は、さっきの穏やかな表情とは違っていた。優しい微笑《ほほえ》みはそのままなんだけど、やたらと目が真剣なのだ。

そんなにマジマジ見られると、少し居心地が悪い。

――見ないでって言ってもいいのかなぁ。

美味しいものを食べている時の笑顔も好きだと言って、わざわざこのマカロンを買って来てくれた彼にそんなことを告《つ》げるのは申し訳ない気もする。

とはいえ、どうも落ち着かない。

どうしようかと彼を窺《うかが》ったところ、和馬さんの表情に違和感を覚えた。

彼の視線の先にあるのは私の顔に違いないのだが、目が合わない。

――なんだろう。

二つ目を食べ切った私は、こっそり彼の様子を観察する。

そこで気が付いた。

和馬さんは、私が食べているマカロンを眺《なが》めているのだ。

日頃から、甘い物はほとんど口にしない和馬さん。そんな彼が、なぜマカロンを真剣に見ているのだろうか。

私が美味しい美味しいと騒《さわ》ぐから、食べてみたくなったのだろうか。

――まだたくさんあるし、せっかくだから和馬さんにもお裾分《すそわ》けしよう。

三つ目を食べ終え、用意していたミルクたっぷりのカフェオレを飲んだ私は、箱から一つ摘《つま》み上げて彼の口元に差し出す。ちなみに和馬さんには、いつものようにブラックコーヒーを淹《い》れた。

「食べてみます？　甘すぎなくて美味しいですよ」

ところが、和馬さんはやんわりと辞退してきた。

「いえ、私はけっこうです。ユウカがすべて食べてください」

どうやら、マカロンが食べたかったわけではないようだ。

それならば、なぜじっと見ていたのだろうか。

彼に差し出したマカロンを自分の口に運びながら首を捻《ひね》る。そんな私の耳に、彼のつぶやきが届く。

「マカロンの色が、あなたの肌に付けたキスマークの色に似ていると思いましてね」

「コフッ！」

いきなりそんなことを言われ、思わずむせた。

拳《こぶし》で胸元をドンドンと叩くものの、それでもつかえが取れないので、慌ててカフェオレで流し込む。

「ケホッ。な、なにを、言うんですか⁉　コホッ」

咳を繰り返す私の背中を片手で撫《な》でながら、もう一方の手で箱からマカロンを摘《つま》み上げる和馬さん。しげしげと眺《なが》め、大きくうなずく。

「この赤みは、まさしくキスマークですね」

「そ、そ、そうですか⁉　ち、違うんじゃないかなぁ、あははっ。あ、そうだ！　和馬さん、コーヒーのおかわりはいかかですか？」

なんとか話題を逸《そ》らそうとしたけれど、しかし……

「違うかどうか、確かめてみましょう」

和馬さんの目は、艶《なま》めかしく光っていたのだった。


肩を跳ね上げた私は、ズザザッとソファの座面を後ずさる。

「か、和馬さん、ケホッ。別に、確かめなくても、ケホッ、ケホッ」

彼は持っていたマカロンを箱に戻すと、その手を私の背中に回した。

「大丈夫ですか、ユウカ」

そう言って大きな手でゆっくりと背中を撫《な》でてくれるけれど、もともと片手は私の背中を撫《な》でていたので……いつの間にか私は和馬さんにしっかりと抱き締められていた。

いや、あの、抱き締められるのはいいんだよ。ただ、あの発言の後だと、どうしても意識してしまうというか。

ドキドキビクビクしながら咳《せ》き込んでいると、和馬さんはグッと顔を近付けてきた。

いっそう私の心臓が跳ね上がる。

——い、いや、ちょ、ちょっと待って！

彼の胸を手の平で押し返しながら、私はギュッと目を閉じた。

すると、目尻に彼の唇がフワリと押し当てられる。

「涙を流すほど咳《せ》き込むなんて、苦しかったでしょう？」

穏やかな声で告《つ》げた和馬さんは、自分の膝《ひざ》の上に私を抱き上げ、あやすようにスッポリと包み込んできた。

そして左右の瞼《まぶた》に唇を当て、まるで涙を吸い取るように優しくキスをする。

その様子に、心の中でホッと息を吐いた。どうやら心配した事態は起きなさそうだ。

苦しんでいる私を労《いたわ》るように背中を撫《な》で、涙が滲《にじ》まなくなるまでずっと瞼《まぶた》へのキスを繰り返してくれる。

「あ、ありがとうございます。もう、大丈夫で……す？」


ところが、先程一瞬私の脳裏をかすめたのは、やっぱり杞憂《きゆう》ではなかった。


和馬さんの腕の中から彼の顔を見上げると、私の肩はふたたび跳ねた。

彼の瞳は、少しも艶《つや》めきを失っていなかったのだ。

「や、あの……」

若干顔を引き攣《つ》らせる私に、彼は静かに微笑《ほほえ》みかける。

「私は一度気になってしまったことは、ハッキリさせないと落ち着かない性分ですので。それに……」

いったん言葉を区切った和馬さんは右手で私の頬に触れ、親指の腹で瞼《まぶた》をじっくりとなぞる。

その指の動きがなんとなく熱を孕《はら》んでいるのを感じ取り、私の心臓はますます早鐘を打つ。

「か……、和馬さん？」

私の呼びかけに、彼はただニッコリと笑みを深める。

――やっぱり思い過ごしなんかじゃない。和馬さんは本気だ。

私は小さく息を呑《の》んだ。

「かず、ま、さん……？」

もう一度名前を呼ぶと、頬にあった手と背中に回されていた腕にジワジワと力が込められてゆく。

「涙で濡れた瞳のユウカは、可愛らしい上に色っぽいですね。すっかり煽《あお》られてしまいましたよ」

グイッと抱き寄せられる。

彼の瞳の奥で揺れる光は、肉食獣が捕食前に見せるもののようだった。

顔の輪郭《りんかく》がぼやけるほど、二人の距離が近付く。

私の視線の先にある彼の目が、優しく、そして、艶《つや》っぽく細められている。

「ユウカ」

ささやくような小さな声で和馬さんが私を呼んだ。その声もセクシーで、トクンと私の心臓が跳ねる。

目を合わせていられなくなり、スッと顔を伏《ふ》せると、おでこにキスをされた。

「ユウカ」

もう一度私の名前を口にした彼は、おでこに当てていた唇を徐々にずらし、瞼《まぶた》や目尻にキスをしてくる。

「よかった。涙は止まったようですね」

その口調がめちゃくちゃ甘くて、私の心臓がまた跳ね上がった。

優しいと思ったら、急に強引になって。かと思えば、即座に甘さを漂《ただよ》わせて。

――なんか、もう、色々悔《くや》しいなぁ。

あらゆることの経験値が低い私が和馬さんに翻弄《ほんろう》されるのは仕方ないことなんだけど。

変な意地を張っていた私は、何度名前を呼ばれても視線を逸《そ》らし続けた。

目元にあった和馬さんの唇はさらに移動して、右頬へと滑《すべ》り降りてくる。

チュッと音を立ててキスを繰り返しながら、彼の右手がゆっくりと私の首の裏を這《は》う。

そして大きな手が私のうなじを包み込み、伏《ふ》せ気味になっていた私の顔をゆっくりと上げさせた。

恥《は》ずかしくていっぱいいっぱいになっている私は、最後の抵抗とばかりに目を合わせようとはしなかった。

すると、和馬さんが小さく笑う。

「ユウカ」

また私の名前を呼ぶ。蕩《とろ》けそうなほど甘く、僅《わず》かに切なさも含んだ声だった。

そんな声を間近で聞かされ、トクトクと小刻みに跳ねていた心臓がキュウッと締め付けられる。

真っ赤な顔で瞬《まばた》きを繰り返し、視線を彷徨《さまよ》わせ続けた。

そんな往生際《おうじょうぎわ》の悪い私を責めたりせず、和馬さんはこめかみに優しく唇を押し当てながら、さらに引き寄せる。

「こうしていると、あなたを独り占めしていることを実感できますね」

しみじみとつぶやき、彼は私の鼻先にキスを落とした。二回、三回と唇を寄せ、四回目にはペロリと舐められる。

「ふひゃっ」

和馬さんに舐められたことも恥《は》ずかしいし、ちっとも色っぽくない声を出してしまったことも恥《は》ずかしい。

二重の羞恥《しゅうち》で、カアッと耳まで赤くなる。

私は居《い》たたまれなくなって、和馬さんの肩口に顔を埋《うず》めた。

ギュッとしがみつくと、彼は微《かす》かに笑みを零《こぼ》す。

「ふふ、可愛い」

私の首の裏にあった彼の手が少し上に移動し、髪を梳《す》く。指先が時折地肌を這《は》う感触が、なんとも気持ちいい。

私は縋《すが》るように和馬さんに身を寄せ、ボソボソとつぶやく。

「……和馬さんはかっこいいです」

この言葉に、彼がハッと息を呑《の》んで手の動きを止めた。

チロリと彼を見遣《みや》ると、切れ長の目の縁《ふち》が赤くなっている。どうやら照れているようだ。

「不意打ちはズルいですよ、ユウカ」

眉を寄せ、困ったように微笑《ほほえ》む和馬さん。

珍しく反撃できて嬉しくなっていると、彼との距離がいっそう縮まってゆく。

アッと思った時には、和馬さんの唇が私の唇に重なっていた。

彼の唇が私の上唇を挟んで微《かす》かに吸い付き、少し離れては、またやんわりと食《は》む。

そんなキスをしばらく繰り返した後、下唇も同様に奪われる。

和馬さんは痛くない程度に吸ってから、僅《わず》かに甘噛みしてきた。

ヒクリと肩を震《ふる》わせると、歯を立てた場所を舌先で撫《な》でられる。

まるで壊れ物に触れるように、とにかく優しいキスが繰り返された。

上下の唇にそれぞれキスをしていた和馬さんは、やがて右に角度をずらして強めに唇を押し当てる。また離れたかと思えば、次は左に首を傾けてしっとりと唇を重ねた。

しばらくキスを堪能《たんのう》した後、和馬さんはほんの僅《わず》かに顔をうしろに引く。とはいえ、今も唇の一部は触れていた。

そんな状態で、和馬さんは私の名前をささやく。

「ユウカ……」

吐息《といき》まじりのその声がとにかくセクシーで、私の心臓は痛いくらいにキュウッとなる。

私は閉じていた瞼《まぶた》を徐々に開き、オズオズと視線を合わせた。

戸惑いや羞恥《しゅうち》、それと、大好きな人に愛情を注《そそ》がれる喜び。色々な感情がまじりあう。

そんな私を間近で見ながら、和馬さんはスッと目を細める。

「先程の不意打ちは少々悔《くや》しかったですが、すごく嬉しかったです」

とても優しい笑顔を向けられた。

いつもドキッとさせられてばかりだから、意趣返《いしゅがえ》しのつもりで言ったのに、こんなに優しく笑ってくれて申し訳なくなってくる。

――これなら、変にひねくれた感じで言わなければよかったな。

和馬さんをかっこいいと思っているのは本心なのだから。

心の中でつぶやいた私は、視線を上げて和馬さんを見つめる。彼の優しい表情を視界に収めながら、恥《は》ずかしくても目を逸《そ》らさずに口を開く。

「和馬さんは本当にかっこいいです。自慢の……、こ、恋人、です」

すると、和馬さんの笑顔がいっそう晴れやかなものになった。

「ああ、ユウカ。そんなに私を喜ばせて、どうするつもりですか。あなたへの愛情が溢《あふ》れて止まりませんよ。愛しさがますます募《つの》って、苦しいほどです」

その表情は、私を丸ごと包み込むように温かくて穏やかで。安堵《あんど》した私は、ふたたびゆっくりと目を閉じた。

それが合図であるかのように、和馬さんは唇の重なりを深め、舌をスルリと私の口内に忍び込ませてきた。

いまだ深いキスに慣れていない私を怖がらせないようにか、奥の方で縮こまっている私の舌を窺《うかが》いながら、和馬さんは静かに自分の舌を絡《から》ませる。

そうして緊張で強張《こわば》っている私の体を、大きな手で優しく撫《な》でた。

少しだけ唇を離した彼が、そっとささやく。

「恥《は》ずかしがってもかまいませんが、怖がらないで。あなたが怖いと思うようなことは、絶対にしませんから」

彼の手から伝わる温もりに身を任せているうちに無駄《むだ》な力が少しずつ抜けて、それと同時に和馬さんの舌も深くまで潜り込んできた。

クチュリという湿った音が耳に届く。

全身が羞恥《しゅうち》のあまり熱くなったけれど、これまでのキスですっかり腰砕けになっている私は抵抗できない。

「ふ、あ……」

クチュクチュという水音に、私の小さな喘《あえ》ぎ声がまじる。

和馬さんの舌の動きはどんどん大きくなっていき、水音と喘《あえ》ぎも大きくなる。

「ん、んっ」

キスしたまま覆《おお》いかぶさってきたため、私は反動で仰《の》け反《ぞ》った。

私が上向きになったことで彼の舌が潜り込みやすくなり、舌の付け根や頬の奥まで舌先でなぶられる。

どれほどの時間、濃厚なキスを繰り返したのだろう。ボンヤリした頭では分からない。

軽い酸欠と和馬さんから漂《ただよ》う色香のせいでクラクラする。

クッタリと体の力が抜けきったところで、ようやく彼の舌が私の口内から抜け出した。

「甘酸っぱいですね」

マカロンのクリームのことを言っているのだろう。味が分かるほど深いキスをされたという証《あかし》を示されてたまらなく恥《は》ずかしい。

だけど反撃する余力は、今の私にはこれっぽっちも残っていなかった。手も動かないし、言葉を発することすらできない。

彼のなすがままなのが悔《くや》しくて睨《にら》み上げると、和馬さんは楽しそうに口の端を上げた。

「さて、確かめさせていただきましょうか」

そう言って、私を横抱きにして立ちあがる。

「……え？」

気の抜けた声を零《こぼ》した私にかまわず彼は歩を進め、迷うことなく寝室へと入っていった。

広いベッドの中央に寝転がされ、背中が僅《わず》かに沈む。

ボンヤリしていた頭でも、これからの展開は即座に予想できた。

「か、和馬さん？」

私の肩を押さえつけて馬乗りになっている彼に呼びかけると、また口角を上げる。

「私を煽《あお》った責任、取ってくださいね」

――煽《あお》ってない！　少しも煽《あお》ってない！

しかし、心の叫びは彼に届くことはなく……

いや、届いていても、いつもまるっと無視されるのだけれど、今日もやっぱり彼を止めることはできなかった。

力の入らない体でジタバタしてみるが、和馬さんは私の肩を余裕たっぷりに押さえつけたままだ。

そうして首を傾けて、クスリと笑う。

「どうして抵抗するのです？　リビングの方がよかったのですか？　明かりの下ですから、なにもかもが見えてしまうでしょうね。私はそれでもかまいませんし、むしろその方が嬉しいのですが」

それを聞いて、ブルブルと首を横に振った。

――無理、無理、無理！　そんなの無理!!

慌てふためく私を見て、和馬さんがまた笑う。

「ユウカのために、わざわざ寝室に移動したのですよ。ほら、私は優しいでしょう？」

そう言って笑う彼は、肉食獣そのものだった。


痛くはないけれど、逃げ出すことはできない絶妙な力加減で私の肩を押さえている和馬さん。馬乗りになっている状態から少しずつ前屈《まえかが》みになり、顔を近付けてくる。

「ユウカを前にすると、どうしてこうも抑えがきかないのでしょうかねぇ。十代の頃でも、これほど強い性衝動《せいしょうどう》はなかったのですよ」

クスリと極僅《ごくわず》かに笑みを零《こぼ》した和馬さんは、独り言のように小さな声で続けた。

「ユウカだけが、これまでの私を覆《くつがえ》して、壊して。そして、新しい私……いえ、本来の私を取り戻させてくれたのです。驚くと同時に喜びに包まれているこの心境を、どうやったらあなたに伝えられるのでしょうか」

寝室の明かりは消えているものの、ヘッドボードに小さな明かりが灯《とも》っていた。だから、彼がどんな表情をしているのかよく見える。

意思の強さが表れているスッとした眉《まゆ》と、目尻がほんのちょっとだけ上がっている形のいい目。それがすごく綺麗だったから、自分の置かれている状況を忘れて、彼に見入《みい》ってしまった。だって、和馬さんは本当にかっこいいんだもん。

薄く開いていた彼の唇が、私の名前をささやく。

「ユウカ」

その声は、今日聞いた中でも一番の甘さと色香を放っていた。それを聞いただけで、またまた私の心臓がキュウッと切なく締め付けられる。

逃げ出す気力を、根こそぎ奪われてしまった。

私は小さく息を吸い込み、それから静かに目を閉じた。

私の体に負担がかからない体勢で、和馬さんが覆《おお》いかぶさってくる。

そして唇を塞《ふさ》がれたと思ったら――いきなり舌が入ってきた。思わず、体がビクッとしてしまう。

「ユウカ、大丈夫です。なにがあっても、私はあなたを傷付けたりしませんから」

震《ふる》えるたびに、和馬さんはキスを解いて優しく声をかけてくれた。

蕩《とろ》けそうな甘い声で、「可愛い、ユウカ」、「大好きですよ」、「愛してます」と何度も何度もささやく和馬さん。

これまでにも深いキスはしてきたし、ついさっきだってしたばかり。それなのに、私は毎回毎回、体を震《ふる》わせてしまうのだ。

いつになったら、私はスマートにキスができるようになるのだろうか。このまま一生、変わらなかったりして……

自分のお子様具合に落ち込んでいると、和馬さんの舌が私の舌に絡《から》みついてきた。クチュリという水音を伴って動き回る舌に、またしても体がビクッとなった。

嫌なわけではない。

怖いわけでもない。

ただ、慣れないだけ。

口を塞《ふさ》がれているので、そのことを伝えることができない。だから私は彼の胸元にしがみついて態度で示す。

彼のワイシャツが皺《しわ》になるくらい、きつく握り込む。

繰り返されるキスにビクビクと小刻みに体を震《ふる》わせながらも、その手は絶対にワイシャツから離さなかった。

そんな私の頭を片手で優しく撫《な》で、もう片方の手で私の手に触れてきた。そうしていったん、強く舌を絡《から》みつかせてから、和馬さんの舌が静かに後退してゆく。

唇が離れ、私は浅く息を吐いた。それから彼の肩口に擦《す》り寄り、改めてワイシャツを握り締める。

すると、和馬さんはフッと笑った。

「あなたの可愛らしさは、どうしてこうも私の心臓を貫くのでしょうか。ユウカの仕草を見ているだけで、心臓が止まってしまいそうですよ」

耳元に口を寄せ、和馬さんが苦笑まじりにささやく。

時折、耳に触れる彼の唇の感触と吐息《といき》に、うなじの辺りがチリチリと痺《しび》れた。

「あ……」

思わず声が漏《も》れる。

すると、また和馬さんが苦笑した。

「ユウカ、あなたはあなたのままでいてください。恥《は》ずかしがり屋でも不慣れでも、なんの問題もないのです。繰り返し言っていますが、私はそれを心から望んでいるのですよ」

私の心情に気付いてくれた彼の言葉が、胸の奥を温かくしてくれる。私はいっそう和馬さんにしがみつく。

「分かってはいるんですけど、やっぱり、毎回変わらない自分がなんだか、ちょっと……」

その後に『情けない』と続けようとしたところで、彼が私の耳にパクリとかじりついた。

「ふ、あっ！」

さっきまでは小さな痺《しび》れに襲《おそ》われていたうなじに、今度はゾクリという大きな疼《うず》きが襲《おそ》ってくる。

首を振って逃《のが》れようとするものの、髪を撫《な》でていた彼の右手が私の頭を拘束《こうそく》して離れられない。

そのため、和馬さんの甘噛みを受け続ける羽目《はめ》になってしまった。

「は、んっ。や、やめて……」

ギュッと目を閉じて刺激に耐えるけれど、和馬さんが耳の輪郭《りんかく》に沿って舌先を這《は》わせ始めたため、なおのことゾクゾクする。体の震《ふる》えが止まらない。

「か、ずま、さ……ん」

わななく唇で彼を呼ぶが、和馬さんの舌は耳のうしろから首筋へと下りてきて止まらない。弱い部分をねっとりと舐められ、零《こぼ》れる吐息《といき》は色付いてゆく。

「ん、んんっ……、や、あぁ……」

軽く仰《の》け反《ぞ》った首元にも舌が這《は》い、鎖骨を甘噛みされると、彼のワイシャツにしがみついていることすらできなくなっていた。

力の抜けた手が、パサリと乾いた音を立ててシーツに落ちる。

それでも和馬さんの唇と舌の動きは止まることなく、なおも下を目指す。

「いい声ですよ、もっと聞かせてください」

いつの間にかブラウスのボタンが外され、前身ごろが大きく左右に開かれ、キャミソールが露《あら》わになっている。

彼は鎖骨より少し下の辺りに唇を寄せ、そこにきつく吸い付いた。

「んっ」

チリッとした痛みを感じ、私の体が大きく跳ねる。

私の胸元に顔を寄せた状態のまま、和馬さんは動かない。

どうしたのだろうかと思っていたら、ややあってから満足そうな声が聞こえた。

「綺麗な薄紅色《うすべにいろ》になりましたね」

そう言って、キスマークがある辺りをペロリと舐める。それから顔を上げ、その場所をじっくりと指でなぞった。

「本当にいい色ですね。薄暗い中でも、よく見えます。やはり、あのマカロンの色とキスマークの色は同じですね」

そうだった。これを証明するのが目的で、寝室に連れ込まれたのだった。

ということは、目的を達成したのだからもうこれで終わりだろうと、ホッと胸を撫《な》で下ろした。

ところが。

和馬さんがまた顔を近付けてきたのだ。しかもキャミソールの胸元を指で引き下げ、さっきよりもきわどい場所に。

唇を強く押し当てた彼は、一度ならず、二度、三度と同じように肌を吸い上げる。

回数を重ねるたびに唇の位置は下にずれ、今ではブラの際《きわ》にまで及んでいた。

「あ、あ、あ、あのっ、か、か、和馬さん？」

慌てて呼びかけると、上目遣いの和馬さんとバッチリ視線が合う。その目は少しも艶《つや》を失ってはいなかった。むしろ、倍増している。

「え、ええと、マカロンと同じ色だって分かったんですよね？」

「はい」

私の言葉に、ニッコリと笑う彼。だけど、目が笑っていない。

「じゃ、じゃあ、もう、終わり……ですよね？」

オズオズと問いかければ、

「いいえ」

と、即座に否定の言葉が返ってきた。

「な、なんで⁉」

上半身を起こした私は、ヘッドボードの方へとずり上がり、逃《のが》れようと試《こころ》みる。その私をすぐさま追いかけ、和馬さんが再び押し倒す。

僅《わず》かに息を呑《の》むと、和馬さんの笑みが深まった。

「ユウカは先程、マカロンを味わいましたよね？」

「は、はい。とても美味しかったです」

首をガクガクと縦に振って同意を示すと、和馬さんがますます笑みを深めてくる。

「ですから、今度は薄紅色《うすべにいろ》に染まったユウカを、私が味わってもいいですよね？」

「はい⁉」

目を見開く私に、和馬さんはクツクツと笑った。

「いいですよね？」

――その言い分、まったく意味が分からないんですけど⁉

「い、いや、それはっ」

戸惑う私にかまわず、和馬さんは私からキャミソールを素早く脱がせた。同じように、スカートもストッキングも瞬時に床に落とされる。

「ちょ、ちょっと待ってください！」

「嫌です、待てません」

「そ、そんな！　んっ……」

私の抗議は彼の唇で封じられてしまった。

下着だけになった私に、和馬さんは体重がかからないよう、絶妙な角度でのしかかってくる。しかもどんな技を使ったのか、動きも封じられている。

かろうじて自由になる手の先や足の先を動かしてみても、彼を止めることはできなかった。

おまけに深くて激しいキスをされ、声すら上げられない。

私は徐々に、熱に浮かされてゆく。

「蕩《とろ》けているあなたは、なんと可愛いのでしょう。いえ、可愛いという言葉では足りないほどです」

意識が遠のきつつある私を上から眺《なが》め、和馬さんは嬉しそうに告《つ》げてくる。

「もっと、もっと、キスをしましょうね。そして、さらに蕩《とろ》けたあなたを私だけに見せてください」

そう言って、薄く開いている私の唇をペロリと舐める。

ピタリと重なるようにキスをされ、今まで以上に彼の舌が奥まで入り込む。口内の隅々まで彼の舌で弄《いじ》られる。

その動きが激しくなるにつれ、初めは小さく可愛らしかった水音が、段々と大きく卑猥《ひわい》になっていく。

グチュ、リ……。グチュ……

激しく口内を掻《か》きまぜられ、その上彼に注《そそ》がれたため、呑《の》み込めない唾液が溢《あふ》れてしまった。

その音を聞くたびに耳まで熱くなって止めて欲しいと思うけれど、少しも抵抗することができない。

全身が甘く痺《しび》れてしまい、まったくといっていいほど力が入らないのだ。

「ふ……、んん、やんっ」

鼻にかかった喘《あえ》ぎ声が漏《も》れる。

「可愛い。今の声、まるで子猫のようでしたよ」

私の唇を数回啄《ついば》んでから、和馬さんはまた舌を絡《から》める。

「や、んっ……、あっ」

高い声で喘《あえ》ぐたびに、彼は嬉しそうに笑った。

「ユウカが本物の子猫だったらいいのですが。そうすれば、私はあなたをこの腕に抱き締めて離さないのに……」

そんなことをささやいてきた和馬さんが、さっきまでとは調子を変えてやや強めにキスを仕掛けてくる。

「んん、あぅ……、や、あぁぁ」

抵抗することも忘れ、快感の声をあげてしまう。

――だって、気持ちいいんだもん。

恥《は》ずかしいけれど、それが正直な気持ち。

彼は言葉でも態度でも視線でも表情でも、ストレートに私への感情を表してくる。

それだけでも十分和馬さんに愛されているのだと分かるけれど、直接的に求められるとさらに、キュンとなる。

私の心臓は彼に鷲掴《わしづか》みにされたも同然。

大きな手で強く握り込まれた感じでもあり、すっぽりと優しく包まれているような感じでもある。

とにかく私は、和馬さんにすっかり囚《とら》われてしまっているのだ。

「ほら、体の力を抜いてください。私にすべてを預《あず》けてください」

耳元でささやく彼の声は少し掠《かす》れていて、すごくセクシー。そんな声を聞いてしまい、私の心臓の動きが速くなった。

舌を忍び込ませて数回絡《から》め、ゆっくりと後退する。その動きを繰り返されるたびに、私の口からは甘い吐息《といき》が漏《も》れる。

「は、あ……。和馬さん……」

「とても色っぽい表情をしていますね。さぁ、もっと気持ちよくなってください」

自分に向けられる愛情が目いっぱい込められたキスだから、気持ちいい。

自分に向けられる愛情を、ようやく受け止めることができるようになった今だからそう思える。

和馬さんは、これまでまともにキスさえ受け入れられなかった私のことを、どれほどもどかしく思っていただろうか。

自分の欲情のままに振る舞えば、楽であったに違いないのに。

それでも、和馬さんはギリギリのラインで踏みとどまり、最終的には私を優先させてくれていた。

だからこそ、身を委《ゆだ》ねることができるようになったのだ。

与えられるキスに酔いしれながら、和馬さんの首に腕を回し、ソッと引き寄せた。

そして顎《あご》を軽く上げ、自分からも唇を押し当てる。

——和馬さんも、私とのキスを気持ちいいって思ってくれてたらいいな。

つたないキスだけど、精いっぱい、彼に対する愛情を込める。

すると、和馬さんが優しく微笑《ほほえ》んだ。

「今の私の胸は、あなたへの愛情と、あなたからもらった幸せでいっぱいです」

どうやら、私の想いはちゃんと届いたみたいだ。

それからも私たちはお互いの気持ちを表すように、何度も何度もキスを繰り返す。

やがて和馬さんは私の唇を解放すると、徐々に下へと移動していった。

ラズベリーのマカロンと同じ色のキスマークが散っている辺りに辿《たど》り着くと、また新たに赤い痕《あと》を付けていく。それと同時に、大きな手をシーツと私の背中の間に滑《すべ》り込ませる。

まさぐるような動きの後、ブラのホックが外された。

私はまだ彼の首に腕を回したままなので、緩められたブラは胸元に留まっている。

和馬さんは私に腕を緩めるように促《うなが》して体を少し離す。そうして中途半端に胸を隠《かく》していたブラを、上に押しやった。

キスマークを付けていた唇が、左胸の先端に吸い付く。

「んっ」

少し痛いくらいに吸われ、ビクンと体が跳ねてしまった。私は思わず、ギュッと和馬さんに抱き付く。

意図《いと》せず彼を引き寄せた形になってしまって、おねだりしているようで恥《は》ずかしくて顔が赤くなった。

慌てて和馬さんから身を剥《は》がそうとしたけれど、それよりも早く、和馬さんが乳首を甘噛みした。

「あ……」

ふたたび体が跳ね、さっきと同じように和馬さんに抱き付いてしまう。

そんな私に満足したのか、彼はクスリと小さく笑った。

「いくらでも抱きついてください」

「あの、それは……」

やっぱり恥《は》ずかしくて腕の力を少し緩めると、和馬さんがフッと短く笑った。

「では、私を抱き締めずにはいられないほど、刺激することにしましょうか」

どこか意地悪く告《つ》げた後、容赦《ようしゃ》ない愛撫が乳首に与えられる。

右の乳首を前歯で軽く咥《くわ》え、上下に顔を動かして扱《しご》く。それから尖《とが》らせた舌の先でチロチロと小刻みに舐めたり、つついたり。ザラリとした舌全体で舐め上げたり、転がしたり。

同時に左の乳首も、右手で弄《いじ》る。

親指と人差し指でキュッと摘《つま》んだかと思えば、そのまま指の腹を擦《す》り合わせるようにして捏《こ》ねまわす。さらに爪を立ててカリカリと引っ掻《か》いたり、指先でピンと弾いたり、グリッと押し込んだりしてくる。

絶え間なく押し寄せる快感に、私は和馬さんに回した腕を動かすことができない。

「ん、あんっ、や……」

ピクピクと全身が震《ふる》え、自然と甘い声が漏《も》れる。

ジンジンと乳首が疼《うず》き、弄《いじ》られていない敏感《びんかん》な場所まで触ってほしくなってくる。

その頃になって、ようやく和馬さんは私の胸元から顔を上げた。

彼が上体を起こすことで、力が入らなくなっていた私の腕がベッドに滑《すべ》り落ちる。トサッとシーツを打ち付ける音と、私の浅い呼吸が寝室に響いた。

それに続いて、ベッドの下にパサリとなにかが投げ出される音が聞こえてくる。

緩慢《かんまん》に瞬《まばた》きを繰り返してからゆっくり視線を上げる。すると、ワイシャツとスラックスを脱ぎ終えた和馬さんがベッドの上に膝立《ひざだ》ちをして私を見下ろしていた。

少し乱れた前髪から覗《のぞ》く、切れ長の目。優しくて、かっこよくて、それ以上にすごくセクシーで。私の心臓が、ふたたびドキドキと速くなる。

ボンヤリと和馬さんに見惚《みと》れていると、まだ腕にかかっていたブラを引き抜かれた。

「ああ。こちらも、先程のマカロンと同じ色ですね。綺麗な赤に染まっていますよ」

そう言って、散々弄《いじ》った乳首にチュッ、チュッとキスを落とす。

ツンと立ち上がって敏感《びんかん》になっているソコは、柔《やわ》らかい唇が微《かす》かに触れただけでも反応してしまう。

「あっ……」

背中を少し浮かせて仰《の》け反《ぞ》り、シーツをきつく握り締める。

何度か可愛らしいキスをしてから、和馬さんが尖《とが》りを口に含み、チュクチュクと吸い上げる。

その刺激はたまらない痺《しび》れを生み、私の腰はビクンと大きく震《ふる》えた。

震《ふる》える私を宥《なだ》めるように、和馬さんの大きくて温かい手がウエストから腰骨にかけて撫《な》で回す。

皮膚の硬い指先で撫《な》でられるのは、ちょっとくすぐったい。そんなことを思っていたら、いつの間にか下着を脱がされていた。

「ふぇ？」

おへその辺りにキスマークを付けていた和馬さんが伸び上がり、私の唇をペロリと舐める。

思わずクッと瞼《まぶた》を閉じると、そこもペロリと舐められた。

「薄紅色《うすべにいろ》に染まったユウカを味わうと、さきほど宣言したはずですよ」

目を細めてクスクス笑う和馬さん。その声は、ますます艶《つや》を増していた。


しつこいほどにキスをされて胸を弄《いじ》られ、私の頭はボンヤリしている。視線の先にいる彼の顔は、僅《わず》かに霞《かす》んでいた。

視界が少々悪くても彼の綺麗な顔は輝《かがや》きを失ってはおらず、私は目が逸《そ》らせない。

言葉もなく見つめている私に、彼はなおいっそうユルリと目を細めてきた。

「さて、こちらも色づいているでしょうか？」

そう言って、ゆっくりと体をずり下げてゆく。左手で私の右膝裏《みぎひざうら》をすくいあげ、そのまま私の右足を自分の肩に乗せてしまった。

私の足の間に陣取った彼には、露《あら》わになった秘部がしっかりと見えていることだろう。寝室を包む明かりは淡いものだれど、それでも至近距離なら十分だ。

あまりに恥《は》ずかしい格好をさせられている自分が、居《い》たたまれなくなってくる。

だけど、和馬さんの体温を直に感じる気持ちよさを知っている私は、そこから逃げ出せない。

とはいえ、やっぱり恥《は》ずかしいものは恥《は》ずかしかった。

「う、うぅ……」

低く唸《うな》り、モジモジと足を揺らす。

「ユウカ。そんなことをして、誘っているのですか？」

苦笑する和馬さんを、力の入らない目で睨《にら》んだ。

「誘ってなんか、ないです……」

からかうようなセリフと苦笑に、ムウッと唇を尖《とが》らせる。

すると、和馬さんは顔のすぐ横にある私の膝《ひざ》をネロリと舐めた。骨の丸みに沿うように何度か舐め回してから、舌先をツツ……と、太腿《ふともも》へと移動させる。

途端《とたん》に腰の辺りがゾクゾクした。

「は、あ……」

吐息《といき》まじりに掠《かす》れた声を漏《も》らすと、内腿《うちもも》の柔《やわ》らかい部分をきつく吸われる。数回そこに吸い付いた後、和馬さんはゆっくり唇を離した。

「あなたにそんなつもりはなくとも、私にはそう見えてしまうのですよ」

赤い花びらを散らした太腿《ふともも》に、さらにもう一つ花びらを追加した彼は、長い指を秘部へと伸ばす。

ソコはすでに、しっとりと濡れていた。

ワレ目に沿って指が上下に動き、そのたびにビクビクと腰と太腿《ふともも》が揺れる。

「あっ、やん……。んん、く、あぁ……」

自分でも甘いと分かる声が、ひっきりなしに漏《も》れる。それが恥《は》ずかしくて、右手の甲を口元に押し当てた。

愛液をまとった指先でクチュクチュと秘部を弄《いじ》る和馬さん。それに全身をわななかせ、身悶《みもだ》える私。

「ふ、うぅ……」

口を押さえたまま、首を横に振る。

羞恥《しゅうち》と快楽が同時に襲《おそ》ってきて、目尻から涙がポロリと零《こぼ》れた。

「ああ。本当にたまりませんね……」

うっとりとした口調で和馬さんがささやく。

「今すぐユウカと一つになりたいですが、先にこちらを確かめなくては」

秘部を弄《いじ》っていた手の動きを止め、和馬さんは人差し指と中指でグイッと秘唇を開いた。そして上体を屈《かが》め、そこに顔を近付ける。

「やっぱり、こちらも薄紅色《うすべにいろ》に染まっていますよ」

吐息《といき》が敏感《びんかん》な部分に掛かって、ゾクン、とした。

「や、だ……。見ないで……」

さすがにこれは恥《は》ずかしい。また涙がポロリと零《こぼ》れる。

だけど、和馬さんは私の言葉を取り合わず、そこから顔を動かそうとしない。

それどころか――

「……ココはもっともっと赤く染まるはずです」

そう言い終えないうちに、彼の右手の親指がクリトリスを捕らえた。

「ああっ！」

ビクリと肩が跳ね、ドクンと心臓が跳ねる。

「やん、んんっ！」

甲高《かんだか》い悲鳴《ひめい》のような嬌声を聞いても、彼は手を離さなかった。親指の腹を押し付け、グニグニとクリトリスを捏《こ》ねる。

小さな円を描くように弄《いじ》った後は、二本の指でキュウッと挟んできた。

体の中心が熱を孕《はら》む。その中心から、ドクドクとなにかが流れるような気がする。

私の中で一番といっていいほど敏感《びんかん》な部分を、何度も何度も押しつぶされ、捏《こ》ねくり回され、挟み込まれ――

刺激が強すぎるので逃げを打ちたいが、右足をがっちりホールドされているので叶《かな》わない。

私は両手でシーツにしがみついた。

「はぁんっ……。も、やぁ……、ん、んん!!」

さっきよりもいっそう高い声を寝室に響かせ、私はビクビクと全身を震《ふる》わせたのだった。

和馬さんは抱えていた私の太腿《ふともも》を静かに離し、おでこに張り付いていた前髪を優しく払ってくれた。

呆然《ぼうぜん》と天井を眺《なが》め、浅く忙《せわ》しない呼吸を繰り返す。

「あ……。はぁ、あぁ……」

それがどこのことを言っているのか、ぼんやりした頭でも理解できた。私は両手で顔を覆《おお》う。

「完熟した苺《いちご》のように、真っ赤になりましたよ」

――いちいち報告しなくていいですから！

恥《は》ずかしくてジタバタしていると、和馬さんが私の手にキスをしてきた。ますます恥《は》ずかしくなって、手をどかすことができない。

そのまま顔を隠《かく》していると、頭の上の方でごそごそと物音が聞こえてくる。

耳を澄まして様子を窺《うかが》っていると、ピリリと薄い袋のようなものを破る音がして、カサッと軽いものが落ちる音がした。

――なに？

耳だけで拾う情報には限りがあるので、そろそろ手を外そうかと思った時、足を左右に大きく開かされた。

「え？」

首を起こして見ると、ボクサーブリーフを脱ぎ、避妊具を着けた和馬さんが膣口に指を這《は》わせたところだった。

トロリと溢《あふ》れた愛液により、彼の長い中指が滑《すべ》るように入ってくる。

「あ、ん！」

ジュブジュブと湿った音と共にナカを掻《か》きまぜられ、途端《とたん》に呼吸が忙《せわ》しなくなった。

「ん、は……、ぁ、な、なんで？」

「ですから、ユウカを味わうと言ったではないですか。あなたの外側も内側も、すべていただきますよ」

和馬さんは人差し指も添え、二本の指で膣壁を押し広げるように解《ほぐ》してゆく。少し強引な仕草で指を突き入れ、引き抜き、また差し入れる。

ナカが柔《やわ》らかくなると、薬指を含めた三本をググッと奥まで押し込まれた。

「あ、ん、そんな……」

ガクガクと全身を震《ふる》わせている私の口から、吐息《といき》だか声だか判別の付かないものが零《こぼ》れると、和馬さんは根元まで呑《の》み込ませていた指を抜く。

「では、いただきます」

腰が痺《しび》れるほど艶《つや》めいた声でささやいた和馬さんは、硬くそそり立った剛直を私のナカに埋《う》め込んだ。

その後、私は体の奥の奥まで和馬さんに美味しく（?）食べられてしまったのであった。

……ということがあり、『マカロン』という言葉を聞くだけであの晩のことが嫌でも蘇《よみがえ》ってしまうのだ。そうして今、食べたいのに食べられないジレンマに襲《おそ》われている。

「ねぇ。タンポポちゃん、どうしたのよ？　なんでマカロンを見て恥《は》ずかしがるの？　教えてよ」

「い、いえ、それは……」

心配そうな顔で詰め寄られても、私は言葉を濁《にご》すしかない。

留美先輩とは、なんでも話せる間柄。だけど、これだけは話せないのだ。

――和馬さんのバカーーーーー！

羞恥《しゅうち》とジレンマのコンボを食らった私は、心の中で大きく叫んだのだった。

～その頃の社長室～


「これで支社から上がってきた書類は最後か」

ここは、竹若とユウカの働く会社の社長室。

その部屋で社長は、書類とにらめっこしていた。

彼のデスクには、年度末に合わせて提出された全支社からの報告書が積み上げられている。

連日確認作業に追われている社長は、顔に疲労の色を浮かべながら首を左右に倒してコキリと鳴らした。

そこへ、彼の第一秘書である竹若が、コーヒーを手に歩み寄ってくる。

「お疲れ様です。少し休憩《きゅうけい》なさってはいかがでしょうか？」

「ちょうどよかった、喉《のど》が渇《かわ》いたと思っていたところだ。さて、一息入れるか」

社長は書類をデスクに置くと、両腕を上に伸ばして肩の筋肉を解《ほぐ》す。

そんな社長の前に、竹若は優雅《ゆうが》な仕草でコーヒーを差し出した。

上品なソーサーの上には、小ぶりなマカロンがいくつか添えられている。

「甘い物を召《め》し上がって、気分転換なさるのもよろしいかと」

竹若が涼やかに微笑《ほほえ》む。その笑顔を見て、社長は憮然《ぶぜん》とする。

「……俺が社長室にこもって仕事をしているのをいいことに、お前、また抜け出したな？」

傍に立つ竹若を睨《にら》むが、その程度で動じる社長第一秘書ではない。

「私が担当している仕事はきっちり終えていますから、問題はないかと。本日は他の秘書に外回りの業務はありませんので、用があれば彼らに申し付けていただければ差し支えないでしょう」

さらに笑みを深める部下に、社長は思いきり顔を顰《しか》めつつ押し黙る。この男になにを言っても無《む》駄《だ》なことは、これまで受けてきた仕打ちにより重々承知である。

カップを取り上げ、ゆっくりとコーヒーを口に含む。そして、やれやれとため息を吐いた。

「仕事が終わっているなら、口うるさくは言わないが。それでも、勤務時間内に社外へ出るのであれば、必ず俺に伝えてからにしろ」

カップを置いた社長は、もう一度ため息を吐いてからマカロンに手を伸ばす。

竹若は深くうなずいた。

「かしこまりました。今後は相思相愛である恋人のユウカのためにお菓子を買いに出る際には、相変わらず報《むく》われない片想いを続けて寂しい夜を一人で過ごしていらっしゃる社長にきちんと報告いたしますから」

ものすごくいい笑顔で竹若が言う。その表情が勝ち誇っているように見えるのは、けっして錯覚《さっかく》ではないはずだ。

「たーけーわーかーーー！　お前は一言も二言も多いんだよ！」

怒りのあまり、社長は手にしたマカロンをギリギリと握り潰《つぶ》す。

「いけません、社長。私とユウカが甘く艶《つや》っぽい時間を過ごすのに一役買ってくれたマカロンが、粉々になってしまうではありませんか。一向に恋が実る気配のない社長の手が汚れてしまいますよ」

シレッとした顔で手拭き用の濡れたタオルを差し出す竹若を見ていたら、社長のこめかみに青筋が浮かんだ。

「だから、お前は余計なことを言い過ぎだ！」

もう片方の手で拳《こぶし》を作った社長は、ダンッとデスクを打ち付ける。もちろん、それで怯《ひる》む社長第一秘書ではない。

「余計なことかもしれませんが、真実ですので。ところで、社長の想いがあの方に届くのはいつになるのでしょうね？」

今日一番のいい笑顔になった竹若を射殺《いころ》さんばかりに睨《にら》みつけた社長は、ムシャムシャとマカロンをやけ食いしたのであった。

2　愛の共同作業？

週なかばの水曜日。

いつもであればちょっと中だるみしてしまいそうになるが、来週に控えた入社式のことを考えると気が引き締まる。

「なんたって、私は先輩になるんだからね。新入社員のお手本になるように、ピシッとしていなくちゃ」

『小向日葵先輩、素敵です！』

『憧《あこが》れちゃいます！』

『私、小向日葵先輩のように、バリバリ仕事ができる人になりたいです』

「なんて、後輩たちから言われちゃったりして〜。いやぁ、照れるねぇ」

そんなことを想像しながら、仕事をこなしてゆく。

午後三時は一番睡魔《すいま》に襲《おそ》われる時間帯だが、それも気合いで乗り切った。

「あら、タンポポちゃん。今日は一段とやる気満々ね」

通りかかった留美先輩が声を掛けてくる。

「来週には後輩たちが入ってきますからね。先輩として、だらけていられませんよ」

クッと握った拳《こぶし》を見せると、先輩が微笑《ほほえ》んだ。

「ふふっ。タンポポちゃんも随分《ずいぶん》としっかりしてきたわね、頼もしいわ」

ニッコリ笑う先輩が、優しく私の頭を撫《な》でてくれる。

「そうですよ。私だって成長しているんですから」

「うん、うん。分かってる。人間的に成長するのはいいことだわ」

先輩の物言いが、ちょっと引っかかる。どうせ、『身長的な成長は、もう望めないけれどね』とか思っているに違いない。

まぁ、いい。自分でもそれは分かっているし、先輩に身長のことをいじられるのは慣れっこだ。悪意があるわけじゃないことも分かっている。

それに、こんなに小さい私でも「それがいいのですよ」と、和馬さんは言ってくれるのだから。

小さい私を抱き締めて、「ほら、独り占めです」って、すごく嬉しそうに言ってくれるから。

昔は、背が小さくて子供っぽく見えることがコンプレックスだったけれど、今はほとんど克服《こくふく》した。彼と付き合うことで、私はちょっとずつ成長して、ちょっとずつ強くなっていると思う。

恋人の存在は偉大というか、愛の力は強大というか。とにかく、私にプラスの影響を与えてくれている。

そんなことは照れ臭くて、面と向かって和馬さんには言えないけどね。

雑談の後、業務スケジュールについて先輩と話し合っていると、部長から声がかかった。

「小向日葵君。手が空いていたらでいいんだが、この書類を資料室に戻しておいてくれないか」

「すぐに行ってきます」

先輩との話はちょうど終わったところなので、私は元気よく立ち上がる。

「おおっ。やる気満々だな」

厳《いか》めしい顔立ちの部長が相好《そうごう》を崩す。

私もにっこり笑って、部長から書類を預かった。

「はい。私は先輩になるんですから」

その言葉に、留美先輩が軽く噴き出す。

「さっきから、そればっかりねぇ」

「そ、そうですか？　あ、そういえば、そうかも。あはは っ」

どうやら私は、後輩ができることに浮かれていたようだ。

「そうか、そうか。小向日葵君が入社して、もうすぐ一年かぁ。月日が経つのは、早いもんだなぁ」

しみじみ告《つ》げる部長に、私は大きくうなずく。

「そうですよ。私だって、いつまでも新入社員じゃないんですよ。一年も経てば、立派な社会人です」

「なら、このチョコはいらないかな？　ご褒美《ほうび》なんて子供じみているか」

部長は手にしていた小箱を、上着のポケットにしまおうとする。それをすかさず両手で押さえた。

「いいえ！　それとこれとは話が違います！　いくつになっても、ご褒美《ほうび》は嬉しいものですし。大人になっても、チョコレートは美味しいものですから！」

ガシッとしがみつく私に、留美先輩は苦笑い。

「タンポポちゃんの食いしん坊ぶりは、この先もずっと変わらなそうね」

……はい。私もそう思います。


部長から預《あず》かった書類を資料室に戻し、その後もみっちり仕事をこなす。

これまでだって仕事には全力投球してきたが、最近の私は輪をかけて張り切っている。

そんな私に部長がくれたのは、娘さんが海外旅行のお土産に買ってきたというチョコレートだ。

日本でも名前が広く知れ渡っている有名ブランド店のチョコを食べれば、一日の疲れも一気に吹き飛ぶだろう。

終業後。和馬さんの迎えを待っている間、そのチョコを食べようと包みを開く。

箱のふたを開けただけで、濃厚な香りが鼻腔《びこう》をくすぐった。

いそいそと金色の包み紙を開くと、楕円形《だえんけい》のチョコが現れる。上部の表面に金箔《きんぱく》があしらわれていて、すごく上品だ。

「いただきます♪」

豪快に、一口でいただく。

噛《か》み締めると周りのミルクチョコがパリッと割れ、中から香ばしいアーモンドクリームが溢《あふ》れる。

チョコレートとアーモンドの味が重なり、口の中が幸せでいっぱいに。

「うわぁ、美味しい！」

総務の社員はみんなすでに退社していて、室内には私の声だけが響く。

私は二つ、三つと、チョコを食べ進めていった。

六個入っていたチョコを全部お腹に収め、その余韻《よいん》に浸《ひた》っていると、

「ユウカ、お待たせしました」

と、優しい声がかかる。相変わらず、彼の声は麗《うるわ》しい。

私はバッグを手に、彼の立っている出入り口に小走りで駆《か》け寄った。ニコニコと笑顔を向けると、和馬さんもフワッと微笑《ほほえ》んでくれる。

「お疲れ様です」

「ユウカもお疲れ様。中村君から聞きましたよ、今日のユウカは一段と頑張っていたと」

「はい。だって、私は先輩になるんですから」

私の答えに、和馬さんはいっそう目を細める。

「あなたが頑張り屋なことはよく知っていますが、無理はいけませんよ。普段のユウカも十分、立派に仕事をしていますから」

「そうですか？」

照れ笑いを浮かべていると、和馬さんの大きな手がスルリと私の左頬を撫《な》でた。

「あなたの体も心配ですし、一生懸命なあなたを見て恋心を抱く男性社員が現れることも心配です」

「や、やだなぁ。なにを言ってるんですか」

この人は『恋は盲目』とか、『あばたもエクボ』という言葉をまさしく体現《たいげん》していると思う。

ちびっ子で食いしん坊の私がそうそうモテるはずないのに、いつだってそういうことを心配しているのだ。

「それは、私のセリフです。『現代の光源氏』って呼ばれている和馬さんですからね、新入社員の女の子たちがコロッと恋に落ちる姿が目に浮かびますよ」

断言してもいい。

社会に出たばかりの初々《ういうい》しい女の子たちが、この大人の色気満載《まんさい》な美青年にハートを奪われないわけがない。

なにもせずそこに立っているだけでも、彼は人目を引くのだから。

それを力説《りきせつ》すると、和馬さんがほのかに笑う。

「そうでしょうか？　私よりも素敵な男性は、たくさんいますよ。たとえば、ほら、社長は我が社きっての美形ですし。……色々と残念な部分も多いですが」

私はなんとも言えない苦い笑みを浮かべたのだった。


「さぁ、帰りますよ」

そう言って、和馬さんはバッグを持っていない方の私の手を絡《から》めとる。

「うっ」

瞬時に顔が赤くなった。彼と手を繋ぐということに、いまだに慣れないのだ。

それでも、今はこの手を振りほどこうとは思わない。

誰かがいたら必死で抵抗するけれど、今は、廊下にも私たち以外の姿はなかった。

この状況ならば、なんとか羞恥《しゅうち》に耐えられる。これも成長と言えるだろう。偉いぞ、私。

なにしろ過去の私は、和馬さんにちょっと触れられただけで、大パニックに陥《おちい》っていたのだから。

奇声を発し、大暴れ。二十一になった女性とは思えない、じつに見事な取り乱しっぷりだったと思う。

それが、今はどうよ。

いや、顔が赤くなるのは相変わらずだけどね。そのくらいは、しょうがないよね。

「今夜のメニューは、なにがいいですか？」

彼の車が停めてある駐車場まで歩きながら話しかける。

すると、和馬さんがちょっとだけ困ったような表情になった。

「ユウカの手料理を食べたいところですが、母が赤飯を届けてくれているはずなんです。おそらくお重に入っているでしょうから、私一人では食べ切れないと思います。一緒に食べてくれませんか？」

「え？　お赤飯？」

「はい。妹が無事、高校に入学したので、そのお祝いで赤飯を炊《た》いたそうなんですよ。それがマンションに届いているかと」

「そっかぁ。それはおめでとうございます。私、お赤飯大好きですよ。じゃあ、後はお吸い物でも作ればいいですかね」

そう答える私に、和馬さんの顔が近付いてくる。そして、ほっぺにチュッとキスをされた。

「赤飯のように真っ赤なユウカ、可愛いくて大好きですよ」

そんなことを笑顔で告《つ》げられ、私の顔がいっそう赤くなったのは言うまでもない。


「おじゃまします」

和馬さんの部屋に着くと、私は早速キッチンに向かう。そんな私のうしろを、和馬さんがピッタリとついてきた。

これも、まぁ、いつものことだ。

和馬さんはいつも、私の傍から離れようとしない人だから。

過去にストーカーにつけ狙われて、命の危険に晒《さら》された私のことを、過保護なほど心配している。

彼の心の中からは、あの日の私が消えないのだという。

怯《おび》えきって、体も表情も思考も、なにもかもが凍り付いた私の姿を、絶対に忘れることができないのだとか。

私だって、あの時のことは絶対に忘れられない。不意に記憶が蘇《よみがえ》って、身が竦《すく》むことがある。

だけど、過去に囚《とら》われてはいけない。和馬さんのためにも、私は、もっともっと強くならないといけないのだろう。

それにしたって、和馬さんはくっつきすぎだ。家の中に危険なことなんてないし。

むしろ、この『一見、爽《さわ》やかな好青年。だが、その正体は、猛獣《もうじゅう》系彼氏ーー!』な彼の方が、ある意味危険だ。早々に距離を取らなくては。

私はキッチンの入り口までやってきたところで、クルリと振り向いた。

「ここで待っていてください。お吸い物を作るだけですから、すぐに終わりま……、んっ」

言葉の途中で、私の唇に和馬さんの唇が重なる。

それは軽く触れ合うだけのものだったが、私の顔が赤くなるには十分だ。ほらね、油断も隙《すき》もないよ！

「え？　あ？　な、なんですか？」

カァアッと火を噴くほどに顔を赤らめ、オドオドと視線を彷徨《さまよ》わせる私。

足から力が抜け、すぐ背後にある壁にトンと背中がぶつかった。

その私の両脇に和馬さんが手をつき、まるで取り囲むような状態に。この檻《おり》から逃げ出せたことは、今まで一度もない。

「か、和馬さん？」

羞恥《しゅうち》と困惑《こんわく》の入りまじった顔で彼を見上げると、和馬さんが軽く首を傾《かし》げた。

「ユウカの口から甘い香りがしていたので、なんだろうかと。ずっと、気になっていたんですよ」

切れ長の目が弧《こ》を描《えが》く。

「だ、だ、だからって、いちいち、キ、キスをしなくてもいいじゃないですか！」

確認作業の前に、一言「なにを食べたんですか？」と尋ねれば済む話だ。

ムウッと唇を尖《とが》らせて軽く睨《にら》む。なのに、和馬さんはシレッと言い返す。

「社内ではしなかったのですから、そんなに怒らないでください。まぁ、怒るユウカも大変可愛いですが」

「あ、うっ」

言葉に詰まっていると、ふいに明かりが遮《さえぎ》られた。

和馬さんがまたキスをしてきたのだ。今度はさっきよりも強く、唇を押し当てられる。

「さらに顔が赤くなりましたね。照れているあなたは、この世のなによりも可愛いですよ」

セリフに続いてチュッチュッと、上下の唇を吸われた。その音がものすごく恥《は》ずかしくて、ギュッと目を閉じ、唇も引き結んだ。

すると和馬さんは、そんな私の唇を舌先でなぞり始める。ゆっくりと上唇の輪郭《りんかく》を辿《たど》り、左端に到着。そして、同じように下唇を辿《たど》ってゆく。

私は体のどの部分でも、彼に触られると反応してしまう。首筋や耳の裏、胸は特に弱くて、それとほぼ同じくらい弱いのが唇。

前に『強めに舐められると食べられてるみたいな気分になって、すごくドキドキするんです』と、彼に話したことがある。

私としては自分の弱点を伝えることで、控えてもらおうと思っていた。けれどそれがまったく逆効果だったと後から気付いて、激しく悔《く》いた。口は災《わざわ》いの元だ。色々な意味で。

執拗《しつよう》に唇を舐められ続けた結果、壁に体を預《あず》けるだけでは立っていられなくなる。

手の平を壁に押し付けてなんとかこらえるものの、ズズッと体がずり下がり始めた。

「も、もう、無理……」

「おや。少々やり過ぎましたか？　ユウカがあまりに可愛かったので、つい」

和馬さんは、私と壁の間に自分の手を潜《もぐ》り込ませる。そしてグイッと引き寄せた。長い腕に絡《から》めとられ、広い胸に抱き込まれ、私の体はそれ以上下がることはない。

「か、かず、ま、さっ……ん、くっ」

力の抜けた体では逃《のが》れることもできず、キスを受け入れ続ける。

私の唇をふたたび塞《ふさ》ぎながら、和馬さんが微《かす》かに笑う。まるで、『安心しなさい。私が支えていますから、大丈夫です』と言っているようだ。

——いや、抱き留めてくれなくていいです！　和馬さんがキスをやめてくれたら、それで平気ですから！

という心の叫びは彼に無視される。

恐ろしいほど勘《かん》のいい和馬さんだから、私がなにを思っているのか察しているはず。

それでもこの行為が終わらないのは、分かっているのに気付かない振りをしているからだ。

普段はとんでもなく優しい人なのに、時々、強引な和馬さん。

本格的に、体の力が抜けてきた。

——もう、バカ……

心の中でこっそり零《こぼ》し、ついに私は唇を薄く開いてしまう。

その瞬間を逃さず、和馬さんの舌が入ってきた。

口内をくまなくなぶった後、舌が絡《から》みついてきた。

クチュ、リ……

キッチンに湿った音が響く。

「は、あ……」

私の吐息《といき》も響く。

その二つの音がしつこいほど繰り返し聞こえた後、やっと唇が解放された。

クタリと和馬さんにもたれかかり、力の入らない指でワイシャツにしがみつく。すると、今まで以上に強い力で抱き締められる。

「ユウカから甘い匂いがしたのは、チョコを食べたからだったんですね」

満足そうな声なのは、答えが分かったからか、私とキスをしたからか。

どちらでもいいけれど、急にあんな激しいキスをするなんてずるい。恥《は》ずかしかったので、彼の足を踏んづけてやった。

私の足には力が入ってないし、和馬さんはスリッパを履いているから、ちっとも痛くなんかないだろうけど。

「可愛らしい反撃ですね」

案の定、和馬さんにはまるで効いていない。

「部長からもらったチョコを食べたんですよ。もう、離してください」

照れ隠《かく》しに、彼の足を何度も踏んづける。

次の瞬間、和馬さんが身を屈《かが》め、そして私の膝裏《ひざうら》に腕を差し入れた。

一瞬のうちに、私はお姫様抱っこされる。

「うわぁっ、な、なんですか!?」

「甘いものを食べ過ぎると、体によくないですよ。特にチョコには糖分と脂肪分が含まれていますからね」

なんだ、どうした。和馬さんが急にそんなことを言い出すなんて。

「あ、はい。分かってますよ。これでも、普段は野菜多めの食事を心がけていますし」

以前、私がダイエットするという話になった時、食生活のことで彼にあれこれとアドバイスしてもらった。

そして、自分のできる範囲で頑張っている。

そのことは和馬さんだって知っているのに、どうして、今、ダイエットの話を？

首を捻《ひね》っているうちに和馬さんはどんどん歩き、アッと思った時には寝室のベッドの上だった。

「か、か、か、和馬さん!?」

「ユウカ。栄養管理も大切ですが、運動で余計なカロリーを消費したほうが、より体にはいいのですよ。ということで……」

和馬さんは勢いよくワイシャツを脱ぎ捨てた。

「え？　え？　なんで服を脱いだんですか!?」

「カロリー消費を手伝おうかと」

「はい？」

それがどうしてベッドの上で、しかも彼が服を脱ぐ必要があるのだろう。

ゴクリと息を呑《の》む私に、和馬さんがニッコリと微笑《ほほえ》む。

「ダイエットの話が出た時に、二人でできる運動を一緒にしましょうと言ったではないですか。忘れてしまいましたか？」

「い、いいえ、覚えてますよ……」

でも、それと今の状況になんの繋がりが？

――ま、ま、まさか……、それって……

私をヒタリと見据えた和馬さんは、爽《さわ》やかに言い放つ。

「運動になる上に気持ちよくて、しかも愛を確かめ合える素晴らしい共同作業があるではないですか」

ニコリと笑う彼の瞳が、獰猛《どうもう》に輝《かがや》いていた。

「あ、あ、あのっ、その共同作業って、もしかして⁉」

アワアワとヘッドボードの方へとずり上がる私を、彼が見つめる。

そして膝立《ひざだ》ちでにじり寄ってきて、あっという間に私は追いつめられてしまった。

顔を強張《こわば》らせていると、彼が手を伸ばしてくる。

「ハッキリ言葉にしてほしいのですか？　恥《は》ずかしがり屋のあなたにしては、珍しく積極的ですね」

私を囲うようにヘッドボードに両手をついた上半身裸の和馬さん。肩回りも上腕も胸の辺りも腹筋も、それはそれは絶妙に引き締まっていて相変わらずかっこいい。

私は、『脱いだらすごいんです★』という細マッチョが好きだし、実際に和馬さんの筋肉は惚《ほ》れ惚《ぼ》れするほど見事なんだけど、この状況ではそんなこと言っていられない。

「い、いえ、言わなくていいです！　教えてくれなくて、けっこうです！」

両手を忙《せわ》しなく振り回すと、彼がフフッと笑う。

「そう遠慮《えんりょ》なさらずに。私とあなたの仲ではありませんか。いくらでも教えてあげますよ」

色っぽく口角を上げた和馬さんが、静かに上体を倒してきた。そして、私の耳元に唇を寄せる。

「共同作業というのはですね」

「いやぁぁっ！　言わないでくださいーーーー！」

彼の言葉をぶった切る勢いで絶叫しながら、両手で耳をギュウッと塞《ふさ》いだ。

そんな私の手首を、大きな手が掴《つか》む。そうして瞬《また》く間に引っ張られて、倒されて、手首をシーツに押し付けられる。

気が付いた時には、静かに微笑《ほほえ》んでいる和馬さんの顔が目の前にあった。

ビックリして目をパチパチしていると、彼の目がフワリと弧《こ》を描《えが》く。

「言葉にするなとのことでしたので、実践で教えて差し上げようかと」

「いやいやいやっ！　どちらもけっこうですから！　分かりました！　もう、分かりましたから！」

「では、本当にユウカが分かっているか、確認しましょう」

「確認はいりません！　本当に本当に分かってます！」

手首をガッチリ押さえ込まれている状態なので、上半身は自由にならない。膝《ひざ》から下をバタバタさせて抵抗を試《こころ》みる。……もちろん、意味なかったけどね。

往生際《おうじょうぎわ》悪くしかめっ面でウーと低く唸《うな》る私に、和馬さんは小首を傾《かし》げて笑った。

「まぁ、ユウカが分かっているかどうか、確認する必要もないですよね」

その言葉に、私は盛大に安堵《あんど》した。

よかった。本当によかった。私は、からかわれただけだったのだ。

と、思ったのも束《つか》の間《ま》。

「あなたが分かっていても結局、私はあなたを抱きますし」

サラリと告《つ》げられたセリフに、本日、最高温度のマグマが私の全身から噴き出した。

私の手首をベッドに押し付けながら、和馬さんがキスをする。

毎度のことながら、あっという間に私は翻弄《ほんろう》されてゆく。

「い、いや……んんっ」

ユルユルと首を横に振り、羞恥《しゅうち》から逃《のが》れようとする。しかし、スイッチの入った和馬さんが、私を逃すはずはない。

「この体勢が嫌だというのでしたら、変えてあげましょう」

そう言いながら、クルリと身を捩《よじ》った。そして、自分の体の上に私を横たわらせる。

これまでは私と和馬さんの間に隙間があったけれど、今は完全に密着していた。彼の筋肉の感触を、薄い春物のセーター越しに感じる。

「あ、あの、私が乗っていたら重いですよね？　すぐ、下りますからっ」

ワタワタと身じろぐ私の後頭部に彼の左手が回された。

「お気遣いなく」

ニンマリと笑った和馬さんは私の頭を強く引き寄せ、素早くキスをしてくる。

舌を挿し入れて口内を舐《ねぶ》り、水音を立てて掻《か》きまぜる。頭を押さえつけられているので、私はまったく動けない。

それに厄介《やっかい》なのがこの体勢。仰《あお》向《む》けで押し倒されていた時よりもはるかに動きが制限されるし、力が入りにくいのだ。

ろくに抵抗できないままクチュクチュと舌を吸われ、頭がボンヤリしてゆく。

息苦しさを感じるほどのキスの後、彼の右手がスルリとスカートの中に侵入してきた。

お尻の丸みを数回揉みしだき、下着のクロッチ部分に指を這《は》わせる。

今日はストッキングではなく、足首までの靴下を履いていた。おまけに彼の体を跨《また》いでいるため、大事なところが無防備極《きわ》まりない状態なのだ。そこに、彼の指が簡単に触れてくる。

スリスリと、彼の指先がクロッチの上から秘裂を撫《な》でた。途端《とたん》に、体がピクンと跳ね上がる。

「あ、んっ」

僅《わず》かに仰《の》け反《ぞ》り、喘《あえ》ぎ声が漏《も》れた。

「ユウカのココは、すでに蕩《とろ》けているようですね。濡れていますよ」

ワレ目に沿って指を動かしながら、和馬さんが耳元でささやく。

「ダ、ダメ……。は、あ……、さ、触っちゃ、い、やぁ……、んんっ」

ピクッピクッと体を小刻みに震《ふる》わせ、甘い吐息《といき》まじりに言ったところで、説得力はない。

和馬さんの指は、さらに大胆《だいたん》になっていく。

ショーツの脇から強引に指を挿し入れ、直《じか》に秘部に触れてくる。そして滲《にじ》み始めていた愛液を指先ですくい取るように、しつこく秘裂を弄《いじ》ってきた。

彼の指が動くたびに、クチクチと小さな水音がする。

「キスだけで、こんなに感じてしまったのですね。なんと可愛いのでしょうか、ユウカは」

これまで後頭部にあった和馬さんの左手が、私の肩を抱き締めるような格好に移動する。今まで以上に拘束《こうそく》が強まった中で、彼の人差し指が膣口に挿し入れられた。

「ひ、あぁ……」

掠《かす》れた喘《あえ》ぎ声が漏《も》れ、背筋がゾクゾクする。

「今日のユウカは、いつもより敏感《びんかん》なようですね。さぁ、その色っぽい声を、もっと私に聞かせてください」

手を前後させ、指をツプツプと抜き挿しされる。

初めは指の関節一つ分の深さだったのに、いつの間にか関節二つ分となっていた。気が付いた時には二本の指が私のナカを激しく掻《か》きまぜていた。

ジュブジュブという大きな水音が絶え間なく聞こえる。

「う、あぁん、や、ん……、んんっ」

全身がブルブルし、声を我慢できない。

ヘタリと彼の上半身にうつ伏《ぶ》せになったまま、どうすることもできなかった。

二本の指が奥まで突き立てられ、その状態でグチュグチュとナカを抉《えぐ》られる。

「は、あ……ん、い、や……」

弱いところを攻められ、声がひっきりなしに零《こぼ》れた。

「だいぶ解《ほぐ》れたようですね」

和馬さんはそう言うと、私のナカからズルリと指を引き抜く。そして乗っかっていた私の体をベッドの上に優しく横たえ、自分の衣服を取り去った。避妊具も手早く装着する。

次《つ》いでクッタリしている私の服を脱がせ、胡坐《あぐら》をかいた足の上に私を抱き上げた。

「か、ずま、さん？」

ボンヤリと彼を見つめると、唇にチュッと吸いつかれた。

「さぁ、ユウカ。本格的に運動をしましょう」

ニッコリと微笑《ほほえ》んだ和馬さんは、私の足を広げる。そうして、散々弄《いじ》られて濡れそぼる膣口に、天を向いている剛直の先端を宛《あて》がう。

「……え？」

瞬《まばた》きを一つした途端《とたん》、私の腰を掴《つか》んでいた手が勢いよく引き下ろされる。

もともと、自力ではまともに体重を支えられなかったのだ。そんなことをされれば、否《いや》が応《おう》にも彼の性器が私のナカに埋《う》まる。

「あ、ああっ！」

熱くて硬い和馬さんの剛直が私を貫き、甲高《かんだか》い声が寝室に響いた。

ビクン、ビクンと大きく震《ふる》える私の体を、彼の逞《たくま》しい両腕が抱き締める。

体の震《ふる》えが収まるまでそのまま、キスを繰り返していた。

やがて私のナカが剛直の大きさに馴染み、圧迫感が和《やわ》らぐ。それを和馬さんも感じ取ったのか、静かに息を吐いた。

「では、そろそろ始めましょうか？」

「え？」

彼の言葉の意味が分からずボンヤリしていると、クスッと笑みを返される。

「運動ですよ。ユウカ、自分で動いてみなさい」

彼の大きな手が、私の腰をユルユルと揺らした。張り出した先端が私のナカのイイところを刺激してくるが、その動きではもどかしいだけだ。

もっと強い快感を知ってしまっている私には、それが歯がゆい。

だけど足に力が入らず、上下に動くことなどできない。そうでなくてもあまりに恥《は》ずかしくて、自分から腰を動かすなどまだ無理だ。

「や、だ……、できな、い……」

和馬さんにしがみつき、ポロポロと涙を流す。その間にも、体の奥では熱が次々と生まれ、疼《うず》きをもたらしてゆく。

「ああ、泣かないでください。あなたには、まだ早すぎましたね」

ギュッと私を抱き締め、和馬さんが唇で涙を拭《ぬぐ》う。

「無理をさせようとして、すみませんでした。普段より敏感《びんかん》なユウカがとても色っぽいので、少し理性が飛んでしまったようです」

頬にキスを繰り返されているうちに、涙は次第に収まっていった。

安堵《あんど》のため息を吐いた和馬さんは、おでこにキスを落とす。

「あなたが動けないというのであれば、私が動きましょう。これは共同作業ですからね、二人で協力し合えばいいのですよ」

言い終えると同時に、下から激しく突き上げられた。

和馬さんの剛直が、さらに奥まで侵入してくる。ズンズンと大きく突かれ、私は思わずきつく目を閉じた。

「く、うぅ……んっ！　あ、あぁっ！」

突き上げに合わせて、私の小さな体が揺すぶられる。イイところを強く抉《えぐ》られ、喘《あえ》ぐ声は止まらない。

「あんっ、は、あ、あぁ……」

和馬さんが腰を突き入れるたびにナカから愛液が溢《あふ》れ、互いの体が繋がっている部分からはグチュ、ジュプッと、淫《みだ》らな水音が漏《も》れる。

「ユウカの体に、汗が、浮かんできましたよ」

激しい動きにより、和馬さんも幾分《いくぶん》声が上がっていた。そして、抱き締めている彼の背中にも、汗が浮かび始めている。

「汗が出るのは、体が活性化して、いるからですよ。脂肪を燃焼《ねんしょう》している、証拠《しょうこ》、です」

和馬さんが説明してくれるものの、まったく理解できない。ひたすら喘《あえ》ぐだけだ。

「ふ、あ、あぁ……、も、もう、ダメ……」

全身が快感に支配され、彼にしがみつく力すらない。グタッと和馬さんの胸に体を預《あず》けた状態で、激しく突き上げられ、揺さぶられ、抉《えぐ》られる。

閉じた瞼《まぶた》の裏で白い光が点滅《てんめつ》を始め、それがやがて一つの光にまとまった時——ガクン、と私の体から一気に力が抜けた。

私をきつく抱き締めた和馬さんが、追い込むように数度、大きく腰を突き上げる。

「くっ……」

耳元で短い呻《うめ》きが聞こえ、ようやく彼の動きが止まった。

「は、あ……。お互い、かなり汗をかいたようです。いい運動ができて、よかったですね」

呼吸を整えるのに精いっぱいで、返事などできない。というよりも、絶頂の余韻《よいん》で頭が働かなかった。

浅い呼吸を繰り返す私を横にし、汗で張りついた前髪を指で払って、現れた私のおでこにキスをする。

「今、濡れたタオルを持ってきます」

そう言って、和馬さんは寝室を後にしたのだった。

～その頃の社長室～


「とうとう、来週には入社式か。一段と社内が活気付くな」

どっしりと重厚な椅子《いす》に深く腰掛けた社長が、ふいにつぶやいた。

湯気《ゆげ》が立ち上るコーヒーに手を伸ばし、香りを楽しみながらゆっくりと一口含む。

「彼女と出逢ったのも、このぐらいの時期だったな」

想い人の姿を思い起こし、社長はクスリと小さく笑う。

その時、やたらと鼻の奥がむず痒《がゆ》くなり、くしゃみが飛び出した。

「ははっ。もしかして、彼女が俺のことを噂しているのかも」

恋する男は、くしゃみ一つでもロマンティックな方向に考える。

そんな社長の携帯がメールの着信を告《つ》げた。

「ん、誰だ？」

デスクの上に置いていた携帯を取り上げてメールを確認すると、差し出し人は竹若だった。

「なにか伝言でもあるのか？」

画面に視線を落とすと、そこに書かれていたのは……

『あなたのくしゃみは、花粉症によるものです。あの方はいっさい関係ありません』

「竹若の野郎！　なんだ、このタイミングのよさは！　それにしても、腹立つなぁ！」

新年度になっても、社長と竹若の関係は相変わらずのようである。

3　その笑顔のために

今日は土曜日。

一般社員である私は、週休二日制。土、日はよほど仕事が差し迫っていないかぎり、出社することはない。

まぁ、入社して一年ほどの私の仕事などはたかがしれているしね。多少業務が押していても、残業をすれば対応できる程度のものだ。

だけど、和馬さんは違う。

一応は私たちと同じように土、日は休日となっているものの、上層部の仕事の都合で休日返上となることもある。

急を要する会議だったり、海外からの特別なお客様を迎える場合だったりと、社長から要請《ようせい》があれば従わなくてはいけない。

普段の日でも責任のある仕事をたくさん抱えて大変な和馬さんが、お休みも削《けず》られるのは、仕方ないとはいえ可哀想《かわいそう》だと思う。その分、振り替えでお休みをもらってはいるのだけどね。

彼に言ったことはないけれど、大変さを労《ねぎら》う気持ちと同時に、心の奥では寂しさも感じていた。

仕方がないことだと分かっていても、そういう気持ちは止められない。

和馬さんもそう思ってくれているのか、時間がある時には必ず私と過ごすようにしてくれている。

たまには一人でゆっくり過ごしてほしいけれど、和馬さんに会えるのは正直嬉しい。

会社で接する和馬さんと、お休みの日に会う和馬さんはちょっと違うから。休日は、緊張から解き放たれて、いつも以上に雰囲気が柔《やわ》らかい。

そんな彼を見たいのだ。それこそ、恋人である私の特権だからね。……なんて、自分で言っててくすぐったくなってきた。


三月最後の土曜日である今日は、和馬さんに休日出勤の連絡がなかった。なので、これから二人でお出かけだ。

「職場で毎日のように顔を合わせているのに、しょっちゅうデートをするなんてね」

自宅の鏡を見て念入りに服装を整えながら、照れくさくなってふにゃりと笑う。

だって、今の自分はどこから見ても嬉しそうなのだ。楽しくて仕方がないという顔をしている。

「なんか、どんどん和馬さんのことを好きになってるなぁ」

付き合い始めの頃は自分の感情に戸惑い、和馬さんのことを好きだと思いながらも、なかなか受け入れられなかった。

それは、彼に遠慮《えんりょ》していたのが原因だったと思う。


こんなお子様な自分は、和馬さんには相応《ふさわ》しくない。

恋愛経験値の低い自分では、大人の和馬さんはつまらないに違いない。

見た目も、中身も、なにもかもが彼とは釣り合わない。


ずっと、引け目を感じていた。

今でも心の奥では、自分に自信を持てないでいる。

それでも、それを理由に和馬さんから離れることは、たぶん間違いなのだ。ううん、たぶんじゃなくて、絶対に間違いなのだ。

彼に相応《ふさわ》しくないから別れるというのは、ただ単に『周囲から奇異《きい》の目で見られることに耐えられない』という自分の弱さを誤魔化《ごまか》しただけのこと。

大人っぽい和馬さんには大人っぽい女性が似合うから、子供っぽい自分とは別れるのが彼のため。私の中ではそれが正当な理由だと思っていたけれど、突き詰めて考えたら、『自分が傷付きたくないから』という、身勝手極まりない理由だったという結論に辿《たど》り着いた。

「そのことに気が付けたのは、いくらかでも私が成長している証拠《しょうこ》なのかな？　この調子でどんどん成長して、見た目も中身もちょっとは大人っぽくなりたいなぁ」

そうつぶやきながら、緩く巻いた髪を手櫛《てぐし》で整え、体を軽く左右に捻《ひね》って全身を確認する。

今日は首元が開いたベージュのブラウスに、レモンイエローのカーディガンを羽織っている。スカートは淡いパステルグリーンの膝丈《ひざたけ》フレア。それにベージュのパンプスを合わせる予定。

大人の女性を意識して、肩下まで伸びた髪も巻いた。

和馬さんはそのままの私でいいって言ってくれるけれど、少しでも和馬さんと釣り合うようになれたらいいなって思う。

ずっと、ずっと、和馬さんと一緒にいたいから。

すべての身支度《みじたく》を終えたところで、携帯電話が着信を告《つ》げた。掛けてきたのは和馬さんで、もうすぐ到着するという連絡だった。

私はバッグを手に玄関に向かい、ピカピカに磨《みが》いたパンプスに足を滑《すべ》り込ませる。

それから玄関に置いてある鏡に、改めて自分を映した。

ブラウスの襟元《えりもと》から覗《のぞ》くのは、彼にもらったネックレス。それに左手の薬指で輝《かがや》いているダイヤの指輪も彼からの贈り物だ。どちらも身に付けているといつも彼が傍にいるようで嬉しくなる。

「私をこんなに夢中にさせるなんて、和馬さんは罪な人だよ」

などと照れ隠《かく》しの言葉をつぶやいていると、チャイムが鳴った。

「ユウカ、私です」

扉越しに聞いてもうっとりする美声に胸をときめかせつつ、静かに扉を開ける。

「おはようございます、ユウカ。今日もとびきり素敵ですね。よく似合っています」

ニッコリと笑って、和馬さんが私のことを褒《ほ》めてくれた。

こうやって、和馬さんは私の努力をちゃんと分かってくれる。だから私は、自分なりに頑張って前に進もうと思える。

「おはようございます。春らしくて女性らしい格好を意識してみました」

大好きな和馬さんに、私も笑顔を向ける。

——いつまでも、彼と並んで歩いていきたい。和馬さんのことが好きだから。

そんな想いを込めて背の高い彼を見上げると、

「ですが、裸のユウカも素敵ですよ」

と、爽《さわ》やかな笑顔にそぐわないセリフが返ってきた。

——こんな彼とずっと一緒にいたいって思うのは、もしかして間違いかも……

一瞬そう考えてしまった私に、罪はないと思いたい。

出鼻をくじかれた感じはあったが、とりあえず気を取り直して家を出る。

いつものように和馬さんに手を引かれてアパートの階段を下りると、そこにはあるはずのものがなかった。

「あれ？　今日は車じゃないんですね」

私が尋ねると、和馬さんは優しく微笑《ほほえ》む。

「ええ。これから向かうところは渋滞《じゅうたい》することが考えられますので、電車の方がいいかと」

「ああ、なるほど。私は和馬さんに運転をおまかせなのでいいですけど、渋滞《じゅうたい》の中を運転するのって疲れるんですよね」

我が家ではいつも、家族で出かける際は父が車を運転していた。

母も運転免許《めんきょ》はあるのだけれどペーパードライバーであてにならず、私は免許《めんきょ》を持っていない。

なのでずっと父が一人で運転していたのだが、大変そうだと感じていた。

それを知っているので、電車で出かけることは賛成《さんせい》だ。

「いつも和馬さんに運転させてしまっているから、私も免許《めんきょ》を取ろうかなぁ」

交代で運転すれば、和馬さんの負担を減らせるかもしれない。

ただ、ここで一つ問題が。

和馬さんの車は高級車。仮に私が免許《めんきょ》を取得したとしても、恐れ多くてその車は運転できない。自分の身の丈《たけ》に合った軽自動車を買えばいいのかもしれないけど、彼とドライブするにはそうもいかない。

なにしろ、和馬さんはかなり背が高い。そんな彼に、軽自動車は狭いだろう。

でも、彼がゆったり収まる車を選ぶとなると、今度はちびっ子の私が運転しづらいと思う。

そんなことを考えていると、和馬さんは繋いだ手にキュッと力を込めてきた。

「運転することは慣れていますから、どうぞご心配なく。これからもユウカは安心して、助手席に乗ってくださいね」

優しい笑顔で言われるけれど、やっぱり申し訳ない。

「でも、運転免許《めんきょ》を持っていた方がなにかと便利ですよね」

免許証《めんきょしょう》があれば身分を証明する時にも使えるし、色々な書類の手続きにも便利だ。

ところが、和馬さんは首を横に振る。

「確かに便利だとは思いますが、あなたのことに関して狭量《きょうりょう》な私は、教習とはいえ、狭い車内で男性の教官と二人きりになるのが許せないのですよ」

「は?」

彼の言ったことがすぐには理解できなくてパチクリと瞬《まばた》きすると、和馬さんは真剣な眼差《まなざ》しで顔を覗《のぞ》き込んできた。

「免許《めんきょ》を取得するまでの間ずっと、ユウカが運転する車の助手席に必ず教官が座るのですよ。教習所の教官といえば、恐らくほとんどが男性です。私以外の男性が助手席に座るなど、絶対に許せませんね」

ちょっと聞いただけではなんの冗談だろうかと思ってしまうのだが、あいにく、和馬さんの表情はひたすら真面目《まじめ》だった。

教官は、仕事をしているだけだ。不埒《ふらち》な気持ちなど、微塵《みじん》もあるまい。

私のことを独占したいと思ってくれる気持ちは嬉しいけれど、いくらなんでも行き過ぎではないだろうか。

「で、でも、教官なんですから、隣に座るのは仕方がないかと……」

恐る恐る言い返すと、和馬さんの切れ長の目がすうっと細くなる。

「いいえ、それでも許しがたいのです。万が一、教官に襲《おそ》われたらどうするのですか？　合格点を与える代わりに、体の関係を迫ってくることも考えられます」

――いえ、絶対にそれはありません。

こんなちびっ子に手を出す男の人が、和馬さん以外にいるとは思えない。

そのことを力説《りきせつ》するが、私が免許《めんきょ》を取りに行くことを許してくれない。

かといって、教官のすべてが女性という運転教習所などあるはずもない。

和馬さんのちょっぴり理不尽《りふじん》な言い分にむくれていると、

「そうですね。私が出す条件を満たす教習所であれば、通ってもいいですよ」

と、幾分《いくぶん》声の調子を和《やわ》らげて言ってきた。

「ど、どんな条件ですか？」

「同伴者《どうはんしゃ》を許可しているところでしたら、問題ないでしょう」

素晴らしい笑みを浮かべる彼に、私の顔が軽く引き攣《つ》る。

——その同伴者《どうはんしゃ》って、間違いなく和馬さんですよね？

そんな教習所が、あるものだろうか。

たとえあったとしても、行きたくない。だって、簡単に想像がつくんだもん。

運転席には私、助手席にはもちろん教官。そして、後部座席には笑顔で教官を睨《にら》み付ける和馬さん。

いや、もしかしたら、教官を押しのけて、和馬さんが助手席に収まる可能性だってある。

そんな状況で、私がまともに運転できるはずない。

「……免許《めんきょ》は諦《あきら》めます」

私に残された選択肢《せんたくし》は、これしかなかった。

免許《めんきょ》のことはさて置いて、私たちは駅までの道を歩き始めた。

「今日、車を置いてきたのは、渋滞《じゅうたい》だけが理由ではないのですよ」

「天気がいいから、歩きたいとか？」

朝から爽《さわ》やかな青空が広がり、ピッカピカの晴天である。春真っ盛りの穏やかな風が時折吹き抜け、歩くにはちょうどいい気候。思わず散歩したくなる陽気だ。

「それもありますが、一番大きな理由はこれです」

そう言って、和馬さんは私と繋いでいる手を軽く持ち上げた。

「この手がなにか？」

首を傾《かし》げる私に、和馬さんは嬉しそうに微笑《ほほえ》む。

「車を運転していなければ、このようにユウカと手を繋いでいられますので」

「え？」

「あなたがそれほど恥《は》ずかしがらずに、手を繋いでくれるようになったので、たくさん繋ぎたいのですよ」

ちょっとだけ寂しそうに笑う和馬さんに、私は気まずくなる。

——そうだよね。少し前までの私は、手を繋ぐことすら大騒《おおさわ》ぎしていたものね。

彼は色々と我慢してくれてたんだなと、改めて考えさせられる。

今だってなんとか平静を装《よそお》っているけれど、髪に隠《かく》れている私の耳がほんのりと熱を持っている。

それでも、この大きな手に包まれ、優しい温もりを感じられることが嬉しいから手は離さない。

手を繋いでいられることをしみじみと彼から告げられたことで、なんだか和馬さんの顔が見られなくなり、私は俯《うつむ》いたまま歩を進める。

彼の半歩うしろを黙々と歩いていたら、

「ユウカ」

と、優しい声が私を呼ぶ。

それでも、顔は上げられない。かわりに、繋いでいる手に力を込めた。

和馬さんの手をキュッと握り締めると、また名前を呼ばれた。

そして同じように、私は手に力を込める。

なにも言わず、ただ繋いだ手に力を込めていると、和馬さんが小さく笑った。

「まったく、あなたはどうして行動がいちいち可愛いのでしょうかね。いったい、どれほど私を虜《とりこ》にすれば気がすむのですか？」

その声を聞いて、不器用で恥《は》ずかしがりの私の想いは、しっかりと和馬さんに伝わっているんだなと思った。

――こんな私を丸ごと受け入れる和馬さんに、私の方こそ虜《とりこ》になっているんだよ……

それはやっぱり言葉にできなくて、私はもう一度、彼の手を強く握り締めた。

本日のデートの場所は、最近オープンした巨大ショッピングモールだ。

昨日、『土曜日はどこに行きたいですか』と和馬さんに訊《き》かれ、場所が思い浮かばなかった。

映画を観るのもいいし、水族館に行くのもいいし、のんびりウィンドウショッピングするのもいい。

あれこれ考えてみたけれど、これっていうものは浮かばなかった。

なんというか、和馬さんと一緒にいられれば、それだけでいいな……と。

そんなことを思いっきり照れながらモゴモゴと伝えたら、彼は満面の笑みを浮かべた。

『ユウカは私を喜ばせる天才ですね』

そう言って、私をギュッと抱き締め、このショッピングモール行きを提案してくれた。

『私もあなたとなら、どこに行くのも楽しみです。もっとも、一番幸せなのは、ベッドの上で私の手によって乱れるユウカと過ごす時間ですがね』

という、おまけ付きで。

駅までの道を、おしゃべりしながらのんびり進む。

「あ、こんなところにスミレが。昨日、出勤する時は気が付かなかったなぁ」

道端に咲いている薄紫色の小さな花を見ていたら、

「スミレの花言葉は、小さな愛、小さな幸せだそうです。色によっても、花言葉は違うんですよ」

と、教えてくれる。

「へぇ。和馬さんは物知りですねぇ」

他愛《たあい》のないことでも、彼と話しているだけで楽しい。

気になっているケーキ屋さんの話。最近見たドラマの話。近所の野良猫《のらねこ》の話。私の趣味であるカメラの話。

どんな話でも、和馬さんはちゃんと聞いてくれて、言葉を返してくれる。

それとたまに仕事の愚痴《ぐち》を言ってしまっても、最後まで聞いてくれるのだ。だから、すごく安心できる。

『部署が違うから、こっちには分からない』

『休みの日に、仕事の話をするな』

『せっかくデートしているのに、そんな面白くもない話をしてどうする？』

そういったことは、ただの一度も言われたことがない。

いつだって穏やかな表情で聞いてくれて、時に優しく励《はげ》まし、時に鋭《するど》いアドバイスをくれる。

そんな和馬さんのおかげで、私はまた頑張ろうと前向きになれるのだ。

こういう恋人って、すごくありがたいと思う。

そう思うのは、時折、学生時代の友達から電話やメールがきて、さっきみたいなことを言われたと、零《こぼ》していたから。

もしかしたら友達の彼氏さんはものすごく疲れていて、ついそんな言葉が口をついてしまったのかもしれない。

だけど、恋人に素《そ》っ気《け》ない態度を取られたら、私はきっと悲しくなってしまう。

いくらお互い好き同士で恋人になっても、衝突《しょうとつ》することもあるだろう。

恋愛は楽しいことだけではない。いい時も悪い時も向き合って乗り越えていくことがお付き合いなのだ。

横を歩く和馬さんをチラリと見上げた。

「なんですか？」

すぐさま優しく声をかけてくれる彼に、私はなんでもないと首を横に振る。

——私は本当に運がいいよね。初めて本気で好きになった人が彼氏になってくれて、おまけにその人はメチャクチャ優しくて。

いつか和馬さんが、私に冷たいところを見せることがあるのだろうか。そのとき、私は逃げ出さずに、きちんと彼を受け止められるだろうか。

——受け止められるように、もっと心を成長させなくちゃね。

「ユウカ、キスをしてほしいのですか？」

……そんな私の想いなど知らない彼は、妙な勘《かん》違いをしているようだった。

ほどなくして駅に着き、私たちは電車に乗り込む。

今日は絶好のお出かけ日和《びより》な上に、学生たちにとって春休み最後の週末ということもあり、車内は混んでいた。

つまり、背の低い私は掴《つか》まる場所に困るのである。

乗り込む時に人に押されてしまい、今は車両の真ん中あたりにいた。

すると手近に掴《つか》まる場所がないのだ。吊革《つりかわ》は私にはちょっと高いから、長い間掴《つか》んでいると腕が痺《しび》れてしまう。

かといってどこにも掴《つか》まらないでいると、電車が揺れた拍子《ひょうし》にヒヤリとする。

バランスを崩して誰かの足を踏んだりぶつかったりするよりは、腕の痺《しび》れを我慢したほうがいい。

私は頭上で揺れる吊革《つりかわ》へと手を伸ばした。

その時――

「ユウカ、私の腕に掴《つか》まりなさい」

と、右側に立つ和馬さんが言ってきた。

「え?」

パチパチッと瞬《まばた》きしたら、和馬さんに苦笑される。

「掴《つか》まるところがなくて、困っているのでしょう?」

「あ、は、はい。そうですけど」

「遠慮《えんりょ》なくどうぞ」

背の高い和馬さんは吊革《つりかわ》ではなく吊革《つりかわ》をぶら下げているポールを右手でしっかりと掴《つか》んでいて、ゆらゆら揺れる車内でもちゃんと立っている。

「ありがとうございます」

和馬さんの申し出はすごくありがたかったから、手を伸ばした。

隣に立つ彼の左腕に、自分の右腕を絡《から》める。そして、ピタリと寄り添った。

電車の揺れにヒヤリとしないですむし、和馬さんが私のすぐ傍にいてくれるということに、とにかく安心したのだった。


十一時前にショッピングモールに着いた私たちは、早めに昼食をとることにした。

オープンしたばかりとあって、すでに通路やフードコート、立ち並ぶ飲食店は、家族連れや学生らしき人たちで賑《にぎ》わっている。

すれ違う人にぶつからないように注意しなくては。

「やっぱり、人が多いですね」

周囲の状況に思わず零《こぼ》すと、

「近隣の住民がこぞって押しかけているようですから。ですが、こんなに混雑しているとは思いませんでした」

と、和馬さんも少し驚いている。

「これじゃあ、渋滞《じゅうたい》も起きますよね。もしかしたら、駐車場にも入れなかったかもしれません。和馬さんの言う通り、電車にして正解でした」

そう言って彼を見上げた瞬間、私たちが立っている場所のすぐ傍の店から出てきた中学生ぐらいの集団の一人と肩がぶつかった。

「きゃっ」

「ユウカ!」

和馬さんは繋いでいた手を引くことで私の体を支えてくれる。

「ごめんなさい! 大丈夫ですか?」

ぶつかった女の子が、慌てて謝ってくれた。

「私こそごめんね。よそ見していたから」

お互いに謝り合って、その場は何事もなく済んだ。

「ぼんやりしてました。ちゃんと周りを見ていないとダメですね」

笑みを浮かべて見せると、和馬さんは繋いでいた手を解《ほど》いた。そして、左腕を私の肩に回し、グイッと抱き寄せる。

「あ、あ、あの、和馬さん?」

「こうした方が安全です。手を繋いでいるより、ユウカを守れますから」

「い、いえ、守っていただくほどのことでは」

身を捩《よじ》って抜け出そうとするけれど、肩に置かれた大きな手にグッと力が入って止められた。

「先程のようなことがあってはいけません」

そう言って、和馬さんは私を抱き込んだ。

「ちょ、ちょっと、待ってください！　いくらなんでも、これは大げさですって」

「怪我《けが》をしてからでは遅いのですよ」

「で、で、でもっ」

手を繋ぐくらいは慣れてきたけれど、こんなに密着して歩くのはさすがに恥《は》ずかしい。

なんとかして放してもらおうと頑張ったものの、彼の手の力は少しもゆるまない。

おまけに――

「どうぞ、お任せください。護衛は得意ですから」

有無《うむ》を言わさぬ笑みを向ける現役ＳＰからは、逃げられそうもなかった。


「なにを食べましょうか？」

レストラン街で、店先に並んでいるメニューを眺《なが》めながら和馬さんが言う。もちろん、超密着護衛体勢は絶賛続行中である。

「イタリアンもフレンチも、和食のお店もありますね。向こうには中華料理もありますよ」

「……そうですね」

さっきからやたらと視線を集めている私は、恥《は》ずかしくて顔を上げられない。

とびきり素敵な男性に抱き寄せられているのだから、じろじろ見られるのは仕方がない。

俯《うつむ》いて床を見つめる私の耳に、

「あの人、すごくかっこいいんだけど」

「背が高くて素敵ね」

「俳優かモデルかなぁ」

とささやき合う女性たちの声が届く。

黙ったまま俯《うつむ》き続けていると、和馬さんは私の肩に回していた手を外した。

――よかった。これで少しは落ち着ける。

と思ったのも束《つか》の間《ま》、彼は私の正面に回って片膝《かたひざ》をつき、手を伸ばして私の頬を包んだ。

「ユウカ、先程からあまり話してくれませんね。具合が悪いのですか？」

心配そうに眉を寄せ、私の顔を下から覗《のぞ》き込んだ。

途端《とたん》に周囲から黄色い悲鳴《ひめい》が上がる。

「きゃあ、なにアレ！　ドラマの撮影!?」

「あの女の人、羨《うらや》ましい！」

さらに注目されてしまい、余計に恥《は》ずかしくなる。

遠巻きに私たちを囲む人が徐々に増えているのを感じる。これ以上注目されないうちに立ち去りたい。

「か、和馬さん！　立ってください！　早く、早く！」

私の頬を包んでいた手をむんずと掴《つか》み、彼を引っ張る。

すると、引っ張られた勢いで和馬さんが倒れ掛かってきた。

いや、私が和馬さんの腕の中に抱き込まれたのだ。

「今日のユウカは積極的ですね。嬉しいですよ」

頓珍漢《とんちんかん》なことをのたまった彼氏様は、私のつむじにチュッとキスをしてくる。

いっそう盛りあがるギャラリー。悲鳴《ひめい》に似た黄色い歓声《かんせい》が響き渡る。

――週末を、恋人の和馬さんと一緒に過ごしたいって思ってたけど、こんな派手な演出は望んでないよぉ！


その後、「これ以上注目されたら、せっかくのお出かけが楽しめないです！」となんとか和馬さんを説得し、がっちり肩抱え護衛（恋人バージョン）は解除してもらった。

「そうですよね。今日はユウカとゆっくり『デート』をするのですから、周りが騒《さわ》がしいと落ち着きませんよね」

爽《さわ》やかな微笑《ほほえ》みを浮かべる和馬さん。

私は恥《は》ずかしいからあえて「お出かけ」と言っていたのに、彼はきっちり「デート」と言い直した。

顔を赤くしてアウアウ呻《うめ》いていると、彼は私の右手を取って自身の左手と繋ぐ。

肩を抱かれるより数倍マシだ。私の心臓はようやく落ち着き始めた。

それから昼食を食べる店を選び、中に入る。

お洒落《しゃれ》なイタリアンレストランは場外市場をイメージしているらしく、店内に木箱や大ぶりのパラソルが飾られていたり、新鮮なフルーツが籠《かご》に山盛りになっていたりと、開放的な空間だった。

地元や会社近くにはない雰囲気のお店なので、ちょっとワクワクする。

向かい合わせに座った和馬さんと一緒にメニューを覗《のぞ》き込み、あれやこれやと決めてゆく。

「このパスタ、美味しそう。でもこっちのラザニアも捨てがたいなぁ」

どの料理も美味しそうなので、私はなかなか決められない。

「デザートには木苺《きいちご》のジェラートを食べたいから、主食を二つ食べてお腹いっぱいにするわけにはいかないいなぁ」

独り言をつぶやき続けていた私だが、ここでふと気が付く。和馬さんがやたらと静かなのだ。

――ダイエットするんだ！　と言っておきながら食べる気満々の私に呆《あき》れている!?

ハッとしてメニューから顔を上げると、和馬さんはニコニコしながら私を見ていた。

あまりに楽しそうなので、私は戸惑う。

「あの、ええと……」

彼が笑顔である理由が分からず首を傾《かし》げると、

「幸せそうな顔でメニューを選ぶユウカがあまりに可愛いので、つい見入《みい》っていました」

と、彼は形のよい目を細めて告《つ》げた。

「は？　食いしん坊な私に呆《あき》れているんじゃなくて？」

「どうして私があなたに呆《あき》れるのですか？　私はユウカが美味しそうに食事をする姿が大好きだと、いつも言っているではありませんか」

さらにニッコリと微笑《ほほえ》まれ、私は手にしていたメニューで顔を隠《かく》して彼の視線を遮《さえぎ》る。

「で、でも……」

モゴモゴ言い淀《よど》んでいると、メニューに長い指が掛かり、手前に引き倒された。

ふたたび和馬さんと目が合う。

「ユウカ。食事を美味しく食べるのは、いいことなのですよ。それにあなたは箸《はし》の使い方も上手ですし、口に物を含んだまま話すという不作法もしません。そんなユウカを見ている私は、とても気分がいいのです」

「そうは言ってくれますけど、調子に乗って食べ過ぎちゃうこともありますし……」

和馬さんと付き合う前から、食欲旺盛《しょくよくおうせい》なところを何度となく披露《ひろう》してきたから今さらかなって思うけれど。ほら、お裾分《すそわ》けでプリンや大福を会社でもらったりね。

それでも、あんまり食い意地が張っていると、和馬さんに幻滅《げんめつ》されちゃうんじゃないかなって。

食べたものが、お肉として身に付くのも困るし。

そんな危惧《きぐ》をしつつチラリと和馬さんを見遣《みや》ると、苦笑いされた。

「それのどこが悪いのですか？　世の女性の中には男性の目を気にして小食になる方もいるようですが、あれこれ気にして食べたいものを我慢されると、こちらとしては心苦しいです。恋人に遠慮《えんりょ》されると、まるで心を許してくれていないように感じるのです」

短く息を吐いた和馬さんは、腕を伸ばして私のおでこをチョンと指でつつく。

「私の前では、なにもかもさらけ出していいのですよ。ユウカのすべてを受け止めてみせますので、どうぞご心配なく」

私は彼の指が触れた部分を片手で撫《な》でながら、小さくはにかむ。

「はい。分かりました」

——そうか。下手に遠慮《えんりょ》したり気取ったりすると、相手を不安にさせてしまうこともあるんだね。

素直に返事をすると、和馬さんは目の奥に怪《あや》しい、いや妖《あや》しい光をちらつかせて、ものすごくいい笑顔をする。

「摂りすぎたカロリーを消費する方法はありますしね。ですから、いくらでも食べてください」

——その方法って、『アレ』ですよね⁉

先日、彼の寝室で繰り広げられた例の『アレ』を思い出し、私は恥《は》ずかしさと居《い》たたまれなさでテーブルに顔を伏《ふ》せたのだった。

昼間にはそぐわない空気に一瞬なりかけたが、なんとか無事に注文を終えた。

食事を終え、私は大満足で店を出た。

その後は気になっていた映画を観たり、日用品や雑貨の店を見て回ったり。

しばらくモール内を歩き回っているうちに、中庭にやってきた。

ヨーロッパの庭園のようなその場所には芝生が敷き詰められており、家族連れがたくさん寛《くつろ》いでいる。

様々な種類の遊具も備え付けられているので、子供たちがあちこちではしゃいでいた。

そんな子供たちに向けて、奥の一角ではサービスとして風船を配っているようだ。

糸に繋がれてフワフワと浮かんでいる色とりどりの風船に、つい目がいってしまった。

思わず、足が一歩前に出る。……が、すぐに踏み止《とど》まった。

――いくらなんでも、この年になって風船が欲しいなんて言ったらおかしいよね。子供たちばっかりの列に並ぶのも、ちょっと恥《は》ずかしいし。

「そ、そうだ。この後、どうします？　もう少し、お店を見て回ります？　それとも、そろそろ帰りましょうか？」

誤魔化《ごまか》すように話しかけると、

「ここで待っていてください」

と言って、和馬さんは繋いでいた手を解いて風船を配っているところに行こうとする。

私は慌てて彼の手を掴《つか》んだ。

「あ、あの」

彼がなにをしようとしているのか分かり、私は首を小さく横に振る。

すると、和馬さんは微笑《ほほえ》む。

「風船が欲しいのでしょう？」

言い当てられ、パッと顔が赤くなった。

「いえ、そんな……。別に欲しいとは……」

「風船を目にしたユウカは、とても嬉しそうでしたが？」

「それはその……」

ゴニョゴニョ口ごもる私を見て、和馬さんはクスッと笑う。そうしてポンと軽く私の頭を叩く。

「行ってきますね」

そう言って、なんのためらいもなく列に並んだ。

小さな子供たちの中に、ひときわ背が高い和馬さんが交《ま》じるとすさまじく目立つ。周りの大人たちも驚いている。

だけど、彼は平然としていた。

その様子をハラハラしながら見守っていると、やがて黄色の風船を手に彼が戻ってくる。

「どうぞ」

差し出された風船を受け取った。

「あ、ありがとうございます」

頭上でフワフワと漂《ただよ》う風船を見て、顔が綻《ほころ》んでゆく。やっぱり嬉しい。

見上げて笑うと、和馬さんがサラリと私の髪を撫《な》でてきた。

「あの……、ごめんなさい」

ペコリと頭を下げると、不思議そうな顔をされる。

「ユウカはなにを謝っているのですか？」

「その……、和馬さんに恥《は》ずかしい思いをさせてしまって……。ごめんなさい」

もう一度頭を下げると、髪を撫《な》でていた手が私の左肩に下りてきて、気にするなと言わんばかりにポンポンされる。

「私は恥《は》ずかしくなかったので、ユウカに謝ってもらうことはありませんよ」

「でも、あんな子供ばかりの列に並んで……」

我が子のために並んでいる父親や母親の姿はいくつかあったけれど、子供を連れていない和馬さんが並んでいるのは、周りから見ておかしかっただろう。

年甲斐《としがい》もなく風船を欲しいと思ってしまった自分が情けなくて。そして、和馬さんに申し訳なくて。しょんぼりと俯《うつむ》く私の肩を、和馬さんがまた優しく叩く。

「ユウカが喜んでくれるのなら、私はなんでもしますよ」

オズオズと見上げた先にある彼の顔は穏やかで、嘘をついているようには見えなかった。

「でも、バレンタインデーの時もホワイトデーの時も、私のために女の人で込み合うお店に行ってくれて……。そういうことが、和馬さんの負担になっているんじゃないかって、どうしても気になっているんです」

心の奥で引っかかっていたことを告白すると、大きな手に少し力が入り、やんわりと抱き寄せられた。

「あなたの笑顔が見られるのであれば、恥《は》ずかしいことなどないんです」

「なんだかそれじゃ、私ばっかり得してるみたいで……」

せっかく風船をもらったというのに、表情が曇《くも》ってしまう。

和馬さんは、眉を少し寄せる。

「いじらしいあなたは非常に可愛いですが、私はユウカにそのような顔をさせたいのではありません。愛する恋人のためにできることがあって幸せなのですから、ユウカが気に病《や》むことは一切《いっさい》ないのですよ」

優しく諭《さと》すような口調で言ってもらったけれど、私の気は晴れない。

しばらく二人とも黙ってしまった。

やがて、和馬さんが口を開く。

「でしたら、ユウカは『ごめんなさい』ではなく、『ありがとう』と言ってください」

「え？」

『ありがとう』と言ってくだされば、私の行動は報《むく》われます。ああ、もちろん、とびきりの笑顔付きですよ」

「そんなことでいいんですか？」

目を瞠《みは》って問い掛けると、和馬さんは大きくうなずく。

「そんなことなどと言わないでください。私にとってあなたの笑顔は、なによりの褒美《ほうび》なのですから」

そう言って和馬さんは、私を抱き締めた。

「私は、愛するあなたを笑顔にできる自分を誇りに思っています。あなたを笑顔にし、そしてその笑顔を守ることが、恋人である私の役目ですから」

穏やかな温もりに包まれ、私は彼の服を掴《つか》む。

「じゃあ、私も和馬さんを笑顔にできるように頑張ります」


お互いに想い合うことが大事なのだと、改めて実感する。

前に留美先輩から出された宿題の答えの、さらに踏み込んだところにある答えがこれなのかもしれない。

お互いに好きであること。

好きな人を喜ばせるために、自分にできることをすること。

この二つの答えが、恋愛をしていくうえで大事になるのかもしれない。

――先輩。私は、一つずつ答えを見つけていますよ。

フフッと笑って、和馬さんに擦《す》り寄る。

その時――

「ママー、みて、みて！　あそこのお兄ちゃんとお姉ちゃん、だきあってるー！」

という、無邪気な子供の声が聞こえてくる。

――そうだ！　ここは人目があるんだった！

我に返り、私は慌てて和馬さんから離れた。

「おや、残念です。せっかくユウカから抱き付いてくれたというのに」

ズザッと、勢いよく数歩下がった私を苦笑しながら見ている和馬さん。

彼は私の風船を持っていない方の手を優しく包んだ。

「帰りましょうか」

そう言って、手を繋いでゆっくりと歩き出す。

「家に帰ったら、じっくり抱き合いましょう。……ベッドの上でね」

爽《さわ》やかな微笑《ほほえ》みを浮かべつつ色気を振りまく和馬さんに、私の顔は赤くなったり青くなったり、忙《せわ》しなく色を変えるのだった。

～その頃の社長室（出張版）～

ここは、「第二の社長室」とも言える、彼が一人暮らしをしているマンション。そのリビングで、社長はゆったりとソファに腰掛けて、芳《かぐわ》しいコーヒーを静かに飲んでいた。

年度末前後は仕事が立て込み、休日出勤となることも多かった。会社のトップではあるが、部下にすべてを任せるのは性《しょう》に合わない。自《みずか》ら業務にあたることも多い。

そんな彼はようやく休みがとれた今日、日頃の疲れを癒《いや》すべく、穏やかなクラシック音楽に耳を傾けていた。

視線の先には、ローテーブルに並べられた数枚の写真がある。想い人の写真だった。

その写真をうっとりと眺《なが》めつつ考え込んでいる。

「彼女とデートするなら、どこがいいかなぁ。今日みたいに天気がよければ、車で遠出するのも楽しそうだし。あ、待てよ。この前できたショッピングモールで、買い物したり食べ歩いたりっていうのもアリだな」

妄想《もうそう》は、どんどん広がってゆく。

「洋服を試着した彼女に『似合いますか？』って照れながら訊《き》かれたら、『よく似合ってる。まるで君のために作られたワンピースだね』とか言ってみたり。そうそう、あのモールには確か、有名なイタリアンジェラートの店が入っていたよな。そこでそれぞれ好みの味を買って、一口ずつ交換するとか。いや、『味見させて』と言って、食べている彼女にさりげなくキスをするか」

寂しい独り身男性の妄想《もうそう》は、留《とど》まるところを知らない。

「オープンしたばかりで混雑しているはずだから、迷子にならないように腕を組むのは必須《ひっす》だな。待てよ、腰を抱いて歩くのも捨てがたいぞ。ん～、どっちの方が密着できるだろうか？」

陽の高いうちから不埒《ふらち》な妄想《もうそう》に耽《ふけ》る姿を社員たちが目にしたら、これまで築き上げてきたイメージが一瞬で木端微塵《こっぱみじん》だ。

その時、携帯電話がメールの着信を告《つ》げた。竹若からだった。

「アイツのメールは、ろくなことが書いてないからなぁ」

それでも緊急事態だったらマズいと思い、メールボックスを開く。

そこに書かれていたのは――

『先日社長が欲しいとおっしゃっていた本を、ユウカとデートに来ているショッピングモール内の本屋で見つけました。休み明けにお渡しします』

という内容。

一人で休日を過ごしている彼にとって、少しばかり腹立たしい文面ではあった。しかし探していた本を手に入れてくれたということで、許してやる気になった。

「なんだかんだ言っても、アイツは俺の言葉を聞き逃さず細やかな心遣いをしてくれる有能な秘書なんだよな」

日頃、上司である自分に辛辣《しんらつ》な言葉を浴びせる部下の顔を思い出し、社長はクスリと小さく笑う。

「悪い奴じゃないんだよな。仕事はできるし、気配りは抜群《ばつぐん》だし、勘《かん》も鋭《するど》いしな。ただ、俺の片想いに口出ししてくることさえ止めてくれれば」

苦笑いする社長の目に、『追伸』という文字が飛び込む。

「ん？　メールの続きがあったのか。なになに……」

『現実でデートをするからこそ楽しいのですよ。妄想《もうそう》は、しょせん妄想《もうそう》でしかありません。デートのプランを立てるより、まずはあの方を恋人にすることが先決では？　……まぁ、それができていたら、今頃、寂しい休日を送ってはいないのでしょうね』

最後まで読み終えた社長は、ギリギリと奥歯を噛《か》み締める。

「あの野郎、やっぱりムカつく！　来週は死ぬほど仕事させてやるからな！　残業三昧《ざんまい》で、小向日葵君と会う時間がなくなればいいんだ!!　ざまーみろ!!」

麗《うら》らかな昼下がり。負け犬の遠吠《とおぼ》えが、空《むな》しく響き渡ったのだった。

第二章　これまでの歩みが恋になる

1　彼の笑顔が素敵すぎて

週が明け、いよいよ今日が入社式である。

広報課の私は社内報に掲載《けいさい》する式典の写真を撮るべく、同じ課の先輩男性と一緒に会場へと向かっていた。

私は写真担当で、彼は映像担当。先輩とは何度か一緒に仕事をしたことがあるので、けっこう仲がいい。それに、しょっちゅうお菓子をくれるしね。

並んで歩きながら、仕事用カメラを持っている私はウキウキしていた。

去年のことを思い出して、自然とワクワクしてしまう。

春。四月。新しい生活の始まり。それだけで心が躍《おど》り出すのだ。

とはいえ、ここは先輩としてビシッとしなくては。後輩たちに浮かれている姿を見せるわけにはいかない。

「タンポポちゃん、いい写真を頼むよ」

「お任せください！」

トンと胸を叩き、気合いの入った表情を先輩に向け、入社式会場となっている大会議室の扉に手をかけた。


私が勤務する会社は規模がかなり大きく、日本全国に支社があり、製造工場も持っている。

そのため、すべての新入社員を集めて一つの会場で入社式をするのは難しく、地方ごとに行っている。なので、本社の会議室でもスペース的には充分だ。

「さてさて、どんな感じかなぁ」

大会議室後方の扉を静かに開けて、素早く中に入る。

前方にはステージがあり、マイクや演台が置かれていた。

ステージの両脇には大きな生花《せいか》がいくつも飾られていて、すごく華やか。入社式に相応《ふさわ》しい雰囲気を醸《かも》し出している。

パイプ椅子《いす》に座る新入社員たちは、みんな大人しく前を向いていた。

隣にいる人と少しばかり会話をしているくらいで、騒《さわ》がしいというほどではない。いや、緊張していて、騒《さわ》ぐどころじゃないといったところか。

「分かるなぁ。私もやたらドキドキしたもんなぁ」

やる気と緊張に包まれているたくさんの後輩たちを見て、クスリと笑う。

その時、扉が静かに開いた。

祝辞を述べるために、式に参列する社の上層部の人たちが入ってきたのだ。ステージ左側に設置されている席に、役員たちが座ってゆく。その様子を見守っていた新入社員たちが、どよめいた。

社長が現れたのだ。

「我が社の奇跡が来たな。あそこまで顔が整っていると、嫉妬《しっと》するどころか感動もんだよ」

先輩は苦笑しながら、ビデオカメラのセッティングを進める。

「あのお顔を初めて目にする人は、あまりの綺麗さに驚きますよねぇ」

そう返しながら、私も苦笑した。

私が入社試験を受けた時には最終面接で社長と顔を合わせたけれど、今年は社長が立ち会うことはなかった。どうしてもスケジュールが合わなかったらしい。

雑誌やメディアを通して社長の姿を知っている新入社員もいるだろうが、実物を前にして存在感と美貌《びぼう》に驚いているのだろう。

スラリと背が高く、しかもフランス人とのクォーターという整った顔には、いつ見ても圧倒される。

社内報用のインタビュー時に接する社長はフランクだが、今はこの会社のトップとしての表情をしていた。そのため、いっそうオーラを放っている。

先輩はかまえたビデオカメラで、さっそく会場を映し始めた。

「でも、新入社員たちがソワソワしているのは、社長のことだけじゃなさそうだな。ま、これも毎度おなじみの光景だ」

「今日は、社長秘書の三人が揃《そろ》っていますしね」

私が目を向けた先には、役員席に座っている社長の傍に立ち、資料を手に打ち合わせをしている社長第一秘書の和馬さん。

今日もビシッとスーツを着こなし、涼やかな顔であれこれと話しかけている。

そんな彼の指示を受けて場内に目を配《くば》り、他の役員たちと話をしているのは精悍《せいかん》な顔立ちをしたスポーツマンタイプの第二秘書さんと、品のいい眼鏡《めがね》をかけた文学美青年タイプの第三秘書さん。

社長と秘書さんたちは、それぞれタイプは違うものの、みんな素敵な人。

他にも渋くて紳士《しんし》な重役たちもいて、入社したばかりの女性たちは完全に目を奪われている。

この会社には、イケメンと呼ばれる男性が多い。

そういえば、いつだったか「社内を歩けば、イケメンに当たる」って誰かから聞いた気がする。

その言葉の通り、かっこいいなと思う人はたくさんいる。

それは、姿かたちのことだけじゃない。彼らの志《こころざし》の高さや仕事に向かう真摯《しんし》な姿勢も含まれている。

――私には、和馬さんが一番かっこいいけどね。

他の人たちの邪魔《じゃま》にならないようにカメラをかまえつつ、彼の様子を盗み見た。

私と接する時の和馬さんはとにかく甘い雰囲気を漂《ただよ》わせていて、いつだって優しい笑みを浮かべている。

それが今は凛《りん》とした立ち姿で、表情も引き締まっていた。辺りを油断なく見渡している切れ長の目は、普段とはまるで違っている。

「さてさて、今日は無事に終わるかねぇ。なにしろ、ウチの社長様は、ある意味有名人だからなぁ」

先輩の言葉に、少し首を傾《かし》げる。

「ある意味って、どういうことですか?」

「この会社は、日本でも指折りの大会社だろ。だからやっかみを受けたり、産業スパイとかに狙われることがあるってわけだ。事件とまではいかないが、騒《さわ》ぎだす人が出たのは一度や二度じゃない」

「え?」

それを聞いて、わざわざ和馬さんのようなSPがいる意味を理解した。

大勢の人間が集まる株主総会や今日のような式典は、騒動《そうどう》が起きやすいらしい。

これまで我が社でニュースになるほど大きな騒《さわ》ぎが起きたことはないけれど、テレビなどでは、刃物を持った人が会場に押し入って暴れたり、参加者を装《よそお》って侵入した人物が騒動《そうどう》を起こしたりというニュースを、時折耳にする。

入り口でボディチェックはするものの、不審《ふしん》人物を完全にシャットアウトすることは難しいそうだ。

だからこそ社長のＳＰでもある和馬さんは、厳しい表情をしているのだろう。

――珍しいものを見ちゃったな。

クスリと思わず笑ってしまう。

インタビューのために社長室を訪れた私に対応してくれる彼は、比較的プライベートの姿に近い。

社内報担当者として社長室を訪れた時から、穏やかな微笑《ほほえ》み、優しい声、優雅《ゆうが》な仕草で、いつも私を迎えてくれた。

恋人として私と接する和馬さんに比べれば甘さ控えめではあるけれど、それでも、社長がうんざりするほどで、私の心臓をときめかせてやまない。

だから私がこんな彼を見るのは、ほぼ初めてなのだ。

――仕事中の和馬さんは、あんな顔をしているんだね。写真に撮りたいなぁ。

恋は盲目《もうもく》なためか、厳しい表情ですら、すごく素敵だと思ってしまった。いや、まぁ、整った顔立ちの和馬さんだから、どんな表情でもかっこいいけれど。

それでも、滅多《めった》に見ることのない仕事中の「竹若和馬」という人物に、目も心も惹《ひ》かれてしまう。

――ダメ、ダメ。和馬さんは社長の命を守る仕事をしているのに、私、不謹慎《ふきんしん》だよね。

反省するが、ついつい自分の手元がおろそかになってしまうほど和馬さんを見つめていると、社長との話を終えた彼がふと顔を上げた。

そして視線の先に私の姿を捉えると、一瞬驚いた顔をした後、鋭《するど》かった表情をフワリと和《やわ》らげる。

その顔がなんだかすごく嬉しそうで、私まで嬉しくなってしまう。

だけど今は勤務時間中。まして、新入社員も重役たちもいる。はしゃぐわけにはいかない。

私は胸の前で小さく手を振るに留《とど》めた。『社長秘書もＳＰも大変だろうけど、頑張ってくださいね』という応援を込めて。

すると和馬さんも軽く手を振り返してくれた。切れ長の目をユルリと細め、ウットリするほど綺麗な笑顔付きで。

途端《とたん》に、会場のそこかしこで感嘆《かんたん》のため息が漏《も》れる。

スーツをビシッと着こなした長身美丈夫《びじょうふ》な和馬さんの笑顔は、うら若きお嬢《じょう》さんの可憐《かれん》なハートを撃ち抜いたに違いない。

私だって何度も何度も和馬さんの笑顔を見ているのに、いつまで経ってもときめいてしまうのだ。彼女たちの気持ちがよく分かる。

少しばかり場内がざわついていたけれど、進行役が式の始まりを告《つ》げると静まり返った。

入社式は暴漢《ぼうかん》が乱入してくることも、新入社員を装《よそお》ったテロリストが暴れ出すこともなく、無事終えることができた。

総務部のフロアに戻りながら、先輩が出来を確認してくる。

「どうだ？　満足のいく写真は撮れたか？」

「もちろんです、私を誰だと思ってるんですか？」

得意げに胸を反《そ》らすと、

「ん？　総務部を代表する食いしん坊だろ？」

と、意地悪な笑みが返ってきた。

「先輩、それはひどいです！　たとえ思っていても、口にしないでください！」

拳《こぶし》を振り上げて抗議すると、

「ごめん、ごめん。冗談だって。後でチョコをあげるから、怒るなよ」

と謝られた。

私だって、もう子供じゃないのだ。謝罪されたら、怒りを収める。……決してチョコにつられたのではない。

「タンポポちゃんは、いつだって仕事熱心だからね。今日もいい写真を撮ってくれたって分かってるから」

「そう言っていただけると嬉しいです。あぁ、予定通りに式が終わってよかったですねぇ」

いい写真を撮ろうとする気がまえと、会場を包んでいた独特の雰囲気にあてられて、意外と肩が凝《こ》った。

私がしみじみつぶやくと、先輩も同じく肩が凝《こ》っていたのか、首をグルリと回して解《ほぐ》している。

「本当だな。面倒なことも一切《いっさい》なくて、じっくり映像が撮れたよ。ま、後輩たちの心中は騒がしかったみたいだがな」

先輩の言葉に、私はクスッと笑った。

事件や騒動《そうどう》ではないが、新入社員たちの中には心穏やかでいられない事態が発生していたようなのだ。

「かっこいい役員や男性社員が勢揃いしているのを見れば、ソワソワしちゃうのが若い女性ってもんだろ」

「そうですよねぇ。そんな感じの人を、私もけっこう目にしましたよ」

すぐ傍で写真撮影をしていた私の耳には、『うわぁ。あの男性、素敵』といった類《たぐい》のセリフが何度となく届いたのだ。

一方の後輩男性たちも、役員付きの秘書のお姉さま方や、入社式を取り仕切る先輩の女性社員に、チラチラと視線を送っていた。

この会社には志《こころざし》の高い女性社員も多い。

学生生活を終えたばかりの後輩君たちには、きびきびと動く年上の女性の姿というのは、たまらなく魅力的なのだろう。

私は短大卒なので、四年制大学や大学院を卒業した後輩たちからすると年齢的には下だが、社会人としての経験値は上である。

よし、私だって負けていられない。「仕事ができる先輩」として、後輩諸君《しょくん》に立派な姿を見せてやるのだ。

＊＊＊

入社式の翌日から新入社員たちは三日間の研修を受けた後、配属先が決められる。

総務部にも研修を終えた新入社員がやってきた。

今日は挨拶《あいさつ》も兼ねた下見という感じで、総務部内の配置や簡単な仕事の流れを、チーフから説明されている。

広報課には配属されなかったので直接の後輩には当たらないものの、庶務課に初々《ういうい》しい仲間が三人加わったのだ。男性二人と、女性一人である。

入社式で一緒に仕事をした先輩と写真や画像の確認をしていると、その三人が挨拶《あいさつ》にやってきた。

「ど、どうぞ、よろしくお願い致しますっ」

今はまだ緊張でガチガチな彼らだけど、受け答えはとても素直だ。

その三人が去った後、先輩が話しかけてきた。

「ま、慣れれば大丈夫だろう。みんな真面目《まじめ》そうだし、仕事に対する姿勢もかなり熱心みたいだしな」

「そうですね。いい後輩に恵まれました」

と、私は大喜び。

なかでも私とあまり身長の変わらない女の子と意気投合《いきとうごう》し、早速お互い名前で呼び合うほど仲よくなった。背の低い者同士、色々と分かち合いたい思いや苦労があるのだよ。

私は、可愛い後輩ができたし、仕事もますますやる気が出てきたし、毎日元気いっぱい。

ところが、留美先輩はどうも事情が違うらしい。

私はここ数日、お昼休みは自分のデスクでお弁当を食べている。

新年度が始まって間もないため、業務がなんとなく落ち着かない状況なのだ。

印刷業者から急な電話がかかってきたり、仕事のスケジュールがいきなり変更になったり、そして後輩から質問を受けたりすることもある。

そうなのだ。私は後輩に頼られているのだ。ちびっ子の私を、きちんと先輩として頼ってくれているのだ。これって、すっごく気分がいいよね。

後輩にはそれぞれに指導係の先輩がついているけれど、つきっきりというわけではない。

指導係が席を外した時に、後輩たちは不安そうな顔で辺りを見回し、自分の質問に答えてくれそうな先輩を探す。

私はそんな彼らが気になってついつい見てしまうから、その視線に気が付いた後輩たちに「あの、今、いいですか？」と声をかけられることが多かった。

初めてできた後輩たちが可愛くてたまらない。……他の先輩たちに比べて威厳《いげん》がないから話しやすいってことではないよね？　違うよね？

そういった諸々《もろもろ》の事情があり、いつものように公園のベンチでのんびりとご飯を食べる余裕がなかった。

今日も、午前中いっぱい取り掛かっていた仕事に区切りがついたので、デスクの上を片付けてお弁当を広げる。

「いただきまぁす」

パチンと手を合わせてから、いなりずしをパクリ。うん、いい味だ。

ムグムグと味わっていると、他の部署に用事で出かけていた留美先輩が戻ってきた。

先輩は私の隣の空席に腰を下ろし、力なくため息を零《こぼ》す。

新入社員たちが入ってきてから、留美先輩はあまり元気がない。病気をしているということではなくて、どことなく疲れた感じなのだ。

その様子は日に日に悪化していて、今日はまさしく「グッタリ」という表現がピッタリなほど。

こんな先輩、見たことがない。

「あの、どうしたんですか？」

食事の手を止めてクルリと椅子《いす》の向きを変え、先輩に話しかける。

仕事でのトラブル？　それとも、人間関係でのトラブル？

まぁ、業務スキルも対人スキルも私の数倍も上を行く先輩だから、そういうことではないだろう。

ふたたびため息をこぼす先輩に、私は改めて声をかけた。

「留美先輩、なにがあったんですか？」

心配になって顔を覗《のぞ》き込むと、苦笑いが返ってくる。

「竹若君が、入社式でやらかしたんだって？」

そう言った先輩は、やれやれといった感じで前髪を掻《か》き上げた。

「え？」

留美先輩の言葉に私は首を傾《かし》げる。

私は式の最初から最後までカメラマンとしてその場にいたけれど、彼がミスをしたような場面はなかった。

なんのことだろうかと首を捻《ひね》る私に、先輩はまた苦笑い。

「違う、違う。失敗したとか、そういうことじゃないの。新入社員たちのハートを掻《か》っ攫《さら》うようなことをやらかしたらしいじゃない。タンポポちゃん、心当たりあるでしょ？」

「……あ」

言われて思い出した。

私と目が合った和馬さんが微笑《ほほえ》んだ後、その笑顔を目にした人たちが息を呑《の》んでいたこと。

うっとりとしたように、ため息をこぼしていたこと。

その後、和馬さんにずっと釘《くぎ》づけになっていた人が何人もいたこと。

彼に心臓を鷲掴《わしづか》みにされた後輩女性たちがいたことを思い出した。

「あの、ええと、和馬さんが笑った顔を見せたら、なんだか周囲がざわつき始めて」

私の説明に、先輩が「やっぱりねぇ」と言って椅子《いす》の背に軽くもたれかかる。

「ストイックな竹若君は近寄りがたい雰囲気があるから。だからこそ、不意に見せた笑顔が初心《うぶ》なお嬢《じょう》さん方にはたまらないんでしょうね。……大方《おおかた》、タンポポちゃんを見つけて笑いかけたってところでしょうが」

こちらを見て、ニンマリと笑う留美先輩。

「うっ」

せっかくぼかしたのに、鋭《するど》く見抜かれてしまった。

ポンポンと頭を優しく叩かれる。

「大学時代の竹若君だったら、そんなことしなかったんだけどなぁ。いつも口の端を僅《わず》かに上げる程度の笑顔でね。竹若君が自然に笑えるようになったのは、タンポポちゃんのおかげだわ。これまで誰も竹若君を変えることができなかったのに。それだけタンポポちゃんの存在が竹若君にとって特別ってことなのよね」

しみじみと告《つ》げられた内容が照れくさくて、私は膝《ひざ》の上に乗せた手を閉じたり開いたりしていたのだった。


私と話をしているうちに、留美先輩の顔は少し明るさを取り戻していた。それでも、疲れた感じは消えなかった。

「ところで、このところ元気がないみたいですが、どうしたんですか？」

改めて問い掛けると、

「さっきの話が関係しているのよ。竹若君が入社式の会場で笑ったって話」

と返ってくる。

「ええと、和馬さんが笑うと、なんで留美先輩が疲れるんですか？」

後輩たちが和馬さんを追いかけ回した結果、彼が疲れている、というならまだ分かる。でも当の本人ではなく、留美先輩がぐったりしている理由が分からない。

しきりに首を捻《ひね》っていると、

「どこからか私と竹若君が大学時代からの友人で仲がいいと聞きつけたみたいなの。それで後輩ちゃんたちが、あれこれ質問してくるのよね。もう、ところかまわずよ。一人で訊《き》きにくる分にはそれほど大変じゃないけど、集団で囲まれると、ちょっとねぇ……」

呆《あき》れたような口調。相当大変な目に遭《あ》っているようだ。

「毎年、こうやって竹若君のことを訊《き》かれるから、ある意味慣れてはいたんだけど。今年は人数が例年の比じゃないのよ」

「そうだったんですか。でも、なんで留美先輩のところに行くんでしょうかね？　訊《き》きたいことがあるなら、直接和馬さんのところに行ったほうが、話が早いと思うんですけど？」

和馬さんはいつだって仕事に追われて忙しい身ではあるが、だからといって、話しかけてくる人を邪険《じゃけん》にするようなことはしないのだ。いつだって紳士《しんし》的な対応をしてくれる。

思ったことをそのまま言葉にすると、先輩は小さく笑う。

「ほら、言ったでしょ。普段の竹若君は近寄りがたいって。だから私からあれこれ情報を聞き出して、お近付きになれる機会を狙っているんでしょうね」

と言ったところで、先輩が私のおでこを人差し指の先で勢いよく突っついてきた。

「それより、随分《ずいぶん》と余裕のある態度じゃない？」

突《つつ》かれた部分を擦《さす》っていると、そんな言葉を投げかけられる。

「は？　余裕ですか？」

「そうよ。自分の彼氏のところに女性が押しかけたって気にしないっていう態度のこと。大抵は、心配になるものじゃないの？」

「……あ」

先輩に言われて初めて気が付いた。そうか。後輩の女性たちが和馬さんとお近付きになりたいっていうのは、恋愛的な意味なのか。

てっきり好きな芸能人の追っかけをするファンの心理だと思っていた。

「私、分かっていなかったです……」

素直に答えると、先輩は「タンポポちゃんらしいわね」と、肩をひょいっと竦《すく》める。

「心配することはないわよ。どんなに女性が押しかけたって、竹若君がタンポポちゃん以外の女性に、なびくわけないし」

きっぱり言い切る先輩だが、私はその言葉にうなずくことができない。

「え？　でも、和馬さんの好みの女性が言い寄ってきたら、私なんか霞《かす》んでしまうんじゃ……」

だって私は、食いしん坊で、ちびっ子で、色気もなくて。取り柄《え》と言えば、元気で明るいといったところぐらいだ。

和馬さんはいつだって私のことを好き、愛してると言ってくれるものの、私以上に心惹《ひ》かれる存在が現れたら、その人に心が傾いてしまうかもしれない。

そんな心配を胸に眉をキュッと寄せると、

「馬鹿ね」

と、今度はデコピンされた。

ピシッと小気味のいい音がして、私の頭が軽く仰《の》け反《ぞ》る。

「先輩、痛いです！」

おでこを押さえてむくれるけれど、先輩は少しも悪びれていない。

「痛いようにしたんだから当然でしょうが」

その返事に、私はますますむくれる。

「なんで痛くするんですか？」

「タンポポちゃんが分かってないからよ」

平然とした顔で、私のお弁当箱から唐揚げを摘《つま》み上げる。「いい味ね」とのん気に言う先輩に、ムウッと唇を尖《とが》らせた。

「なにをですか？」

不貞腐《ふてくさ》れた声を上げると、先輩が私の机の上のウェットティッシュで手を拭《ぬぐ》いながらチロリと見てくる。

「竹若君の好みの女性って、タンポポちゃんのことでしょうが。なのに、あなた以外の人がいくら迫ったところで、竹若君にはなんの意味もないの。相手に興味を持つどころか、逆に鬱陶《うっとう》しいって思うはずよ。竹若君ってば、学生時代からそういうところはちっとも変わってないし」

「本当にそうでしょうか？」

今までがそうだったからといって、これからもそうだという保証なんてない。

先輩から視線を外して少し俯《うつむ》くと、クスクス笑われた。

「十年近く竹若君と友達をやってる私が言うんだから、絶対に間違いないわよ。タンポポちゃん以外のアプローチは暖簾《のれん》に腕押し、糠《ぬか》に釘《くぎ》ってところね」

「だけど、何人も何人も和馬さんに言い寄っていたら、その中の誰かに……」

心を奪われるという事態が起きないなんて、言い切れるものだろうか。

ますます俯《うつむ》いてしまう私に、先輩は声を出して笑う。

「ははっ。なによ、それ。下手な鉄砲《てっぽう》も数撃ちゃ当たるって言いたいの？」

その問いかけに、しばらく考えて、うなずき返す。すると先輩はまた笑う。

「ありえないわぁ、それ。あの竹若君だもの、なにくわぬ顔で全部見事に避けるわね。もしくは、向かってくる鉄砲《てっぽう》玉を叩き落とすとか」

先輩は太鼓判《たいこばん》を押すように言い切ってくれるけれど、信じられないと思ってしまう自分がいる。

「そうだといいんですけどね」

力なく零《こぼ》した言葉に、

「あれだけ竹若君に愛されているんだから、もっと自信を持ちなさいよ」

と、すぐさま返ってくる。

「自信と言われても」

以前に比べれば前向きな気持ちで和馬さんとお付き合いしているけれど、自信満々になるなんてまだまだ無理だ。

しょんぼりと肩を落とす私に、先輩が優しく声をかけてくれた。

「本当にしょうがない子ねぇ。まぁ、そうやって思い上がったりしないところが、あなたの可愛いところだけど」

慰《なぐさ》めるように、私の頭を撫《な》でてくれる。

「ねぇ、タンポポちゃん。あなた、竹若君と付き合ってから、社内の誰かにお付き合いを邪魔《じゃま》されたことはある？」

「え？」

顔を上げると、真剣な目差《まなざ》しの留美先輩と目が合った。

「竹若君と別れろって、言われたことはある？　そうそう、この前現れた津島さんは別よ。あの人は竹若君の変化を見届けたわけじゃないし」

津島さんとは、和馬さんが大学時代にお付き合いしたという元彼女さんのこと。その津島さんと私の間に和馬さんを巡って騒動《そうどう》が起きたのだ。留美先輩にもちゃんと報告したから、先輩はなにがあったのかを知っている。

上品な美人に見えて苛烈《かれつ》な一面を持っていた津島さんだが、あの日以降、顔を合わせることはなかった。

私は、和馬さんと出会ってからのことを思い返す。まだ彼と付き合う前に、資料室で段ボールが頭上めがけて落ちてきたり、怪文書が机に置かれていたりしたことはあった。けれど、付き合い始めてからは、そういうこともない。だから私は静かに首を横に振った。

和馬さんの恋人であることを羨《うらや》まれたことはあるけれど、だからといって、他の女性が私を押しのけて恋人になろうということは本当になかった。

考えてみれば、不思議だ。私から奪ってでも手に入れたいと思う人が、いてもおかしくないのに。

「そのことが、自信に繋がるんでしょうか？」

ポツリと訊《き》き返すと、先輩は短く息を吐いた。

「前にも話したと思うけど、竹若君はタンポポちゃんと付き合うことで変わったのよ。今まで誰も変えることができなかった竹若君を、あなたが変えたの。あなただから変えられたの。それを社内の人たちはちゃんと分かっているわ。だからあなたたちのことを邪魔《じゃま》しようとしないのよ」

優しい手は、私の頭を撫《な》で続ける。

「タンポポちゃんがタンポポちゃんだからこそ、竹若君はあなたを好きになったの。だから、自信をもっていいのよ。分かった？」

何度か私の頭を軽く叩いて言い聞かせると、先輩の手はゆっくりと離れていった。

自分の存在がそれほど特別とは思えないし、先輩の話を聞いてすぐに自信がつくわけではない。

応える言葉が浮かばないけれど、大好きな和馬さんと留美先輩を信じて、私は大きくうなずいた。

「さ、お昼にしましょうか」

気持ちを切り替えるようにパンッと軽く手を打った先輩が、買ってきたサンドウィッチをかじり始めた。

私も中断していた昼食を再開する。

留美先輩の話を聞いてモヤモヤしてきたけれど、ご飯を食べているうちに落ち着いた。

私って、なんて単純なのか。でも、悩んでも仕方がないのだと思い至り、ちょっとスッキリしたのだ。

それに、留美先輩が味方になって励《はげ》ましてくれたから。

「先輩、先輩」

「なぁに？」

「大好きです」

感謝の気持ちを笑顔で伝えると、先輩は苦虫《にがむし》を噛《か》み潰《つぶ》したような顔をした。

「……タンポポちゃんの気持ちは嬉しいけれど、それは竹若君以外に言わない方がいいわ。たぶん、面倒くさいことになるわよ。私も、あなたも」

「はぁ？」

先輩の言う『面倒くさいこと』がなんなのか分からず、ポカンとする。

それが判明するのは、もう少し経ってからのことだ。

先輩にいなりずしやおかずを分けてあげたり、先輩からもサンドウィッチをもらったりしながら、私たちはまた話し始める。

「竹若君は無駄《むだ》に顔がいいから、それはそれで厄介《やっかい》よね。笑顔一つでとんでもない破壊力があるって、いい加減自覚してくれないかしら」

いなりずしを咀嚼《そしゃく》し終えた先輩が、キュウリの浅漬けを口に放り込みながらぼやく。

なんだか棘《とげ》のある言い方ではあるが、先輩は本気で悪口を言っているのではない。和馬さんとの付き合いが長い分、これまでに起きた騒動《そうどう》を思い返して心配しているのだ。

「その口ぶりですと、今まで色々あったみたいですね？」

水筒から温かい麦茶を注《そそ》いで先輩に渡すと、カップを受け取った先輩が遠い目をした。

「大学に入学して早々、竹若君は有名になったものよ。女生徒はもちろん、学生課職員のお姉さんも、竹若君にポーッとしていたしね。ああ、女性の准教授たちもそうだったわ」

なるほど。思っていた以上に、和馬さんはモテモテだったようだ。

「竹若君としては、特に愛想《あいそ》を振りまいていたわけではないんでしょうけど。顔がいいってのは、ホント面倒よねぇ。ちょっと微笑《ほほえ》んだだけでも、人の目を引いちゃうんだから」

はぁ、とため息を吐く先輩の言葉には、やたらと実感がこもっている。

「ひっきりなしに女の子が声をかけていたけど、竹若君はとっかえひっかえして遊ぶような人じゃなかった。それどころか、極力《きょくりょく》、人を寄せ付けないようにしていたのよ。でも、それが逆に大人びた感じでかっこいいって、ますます女の子に囲まれていたっけ。見ていて可哀想《かわいそう》だったわ」

カップを両手で包むように持ち、先輩は力なく笑う。その表情には同情が感じられた。和馬さんの苦労を近くで見てきた先輩だからこそのものだろう。

「そうですか。モテるというのも、大変なんですね」

かっこいい人や綺麗な人は人生勝ち組で、楽しく生きているように思ってたけど、場合によっては、苦労も多いようだ。

よかった、私はモテモテじゃなくて。あ、別に負け惜《お》しみじゃないからね！

誰に聞かせるでもない言い訳を心の中で叫んでいると、先輩は話を続ける。

「この会社に就職してからは、学生時代ほど女性に囲まれることがなくなったから、少しは楽になったみたいだけど。社長秘書の竹若君に、一般社員はおいそれと近付く機会はないもの」

「そうですよね。私たちが社長室に出向く用事って、基本的にはないですしね」

私は社内報担当として社長室を訪れることがあるけれど、それがなかったら和馬さんとの接点は皆無《かいむ》だ。

そうつぶやき、私はさっきの話に納得する。

「ああ、そうか。だから、先輩に和馬さんのことを訊《き》きに来る人が後を絶たないんですね」

私の言葉に、先輩は正解とばかりにポンと私の肩を叩く。

「そういうこと。『現代の光源氏様』とかいって、キャーキャー騒《さわ》いで遠巻きに竹若君を見ていてくれれば、私は助かるんだけどなぁ。今年、入社したお嬢《じょう》さんたちは、妙なところでアグレッシブだから」

すっぱり無視すると逆にしつこくまとわりつかれるそうなので、先輩は差しさわりのない情報を後輩たちに与えて、うまくあしらっているらしい。

それでも後から後から後輩たちが押し寄せているのだとか。

さすがに勤務中はそういうことにはならないものの、先輩が休憩《きゅうけい》や帰宅しようと総務部を出た途《と》端《たん》に、どこからともなく集団が現れるのだそうだ。

「それは、それは、お疲れ様です」

私はデザートに持ってきた苺《いちご》を、楊枝《ようじ》に刺して先輩に渡す。

「ん、ありがと。でも、こんな騒《さわ》ぎはそのうち収まるだろうから、それまでの辛抱《しんぼう》ね」

わりとあっけらかんとした口調に私は驚く。

「え？　収まるんですか？」

苺《いちご》にかじりつこうとしていた私は、手を止めて先輩を見た。

「竹若君に恋人がいるって分かったら、いくらなんでも引き下がるでしょ」

「こ、恋人？」

「そうよ、ちゃんと説明しているもの。竹若君には溺愛《できあい》しまくっている恋人がいて、その人以外は目に入らないから期待しない方がいいわよって」

ニコッと笑い、「この苺《いちご》、甘いわね」とご満悦《まんえつ》の先輩の様子に、私は顔が軽く引き攣《つ》るのを感じる。

「あ、あの、もしかして、和馬さんの恋人が私だってことまでは……」

恐る恐る尋ねると、

「それは言ってないわ。もう少しお嬢《じょう》さんたちの行動がエスカレートしてきたら、きっぱり教えようとは思っているけどね。だって、タンポポちゃんに頼まれていないのに、私がペラペラ喋《しゃべ》るのはおかしいでしょ」

と言われた。

私が和馬さんの恋人であるということを隠《かく》すつもりはないけれど、留美先輩がぐったりするほどの押せ押せパワーを持っている後輩たちと直面する勇気は、ちょっとないかも。

まだ後輩たちに向き合う心の準備ができていないので、もうしばらくそっとしておいてほしい。

心の中でホッと安堵《あんど》の息を漏《も》らすと、先輩はニンマリと笑う。

「それに竹若君の行動を見ていれば、彼女が誰かなんてすぐに分かるでしょうしね。私の口から教えたところで信じない人もいるだろうから、現実を目の当たりにする方が効果的よ」

これまで社内で繰り広げられてきた和馬さんの私に対する言動を知っている留美先輩は、ニマニマと笑っている。

「い、いや、あの、それは……」

確かにそういう事態になれば、留美先輩を質問攻めにする後輩たちは減るだろう。

だけど結果として、私が後輩たちの前で公開羞恥《しゅうち》プレイに晒《さら》されるのは、遅かれ早かれ必至……

「せ、せ、先輩！　私が恥《は》ずかしい思いをしないで済む方法ってないですかね⁉」

留美先輩の腕をガシッと掴《つか》んで縋《すが》り付く。

ところが。

「竹若君が言動を控えない限り、難しい話よね。というか、あの竹若君が大人しくなるはずないから、そんな方法を見つけるのはどう考えたって不可能でしょ」

返ってきた答えは、無情極《きわ》まりないもので――私の公開羞恥《しゅうち》プレイは確定したようだった。


お弁当を食べ終える頃には、すっかりモヤモヤした気分は晴れていた。

が、公開羞恥《しゅうち》プレイという言葉が頭から離れず、ヒヤヒヤとドキドキが入り混じった複雑な感情を抱えつつ、午後の業務にあたることになった。

――だ、大丈夫だよね。そりゃあ、和馬さんはこれまで散々やらかしてくれたけどさ。いくらなんでも、後輩の前でアレやコレやはしないよね？

この会社は社内恋愛禁止ってわけじゃないけれど、だからといって人目もはばからず「恋人同士でございます」という行為は許されない。

それに後輩たちの目の前で破廉恥《はれんち》な行為をするなんて、会社の先輩として、人生の先輩としてあってはならないのだ。

——和馬さんはたまに暴走するけど、それでも、後輩たちに悪い見本を示したりするような人じゃないだろうし。

私を抱き締めたり抱き上げたりといったことは、人前でもおかまいなしな部分はあるが、キスやらなにやらは一応、人目につかない場所でしてくれる。一応はね。

まして彼は品性を問われる社長秘書だ。その辺りは、一般社員よりも厳しいはず。だから、心配しているような事態にはならないだろう。……たぶん。

なかば無理やりといった感じではあるが自分によくよく言い聞かせ、私は仕事に集中することにした。

終業時間の五分ほど前になったところで仕事の目処《めど》がつき、私は手を止めた。

「今日はここまでにしておこうかな」

作業中のデータを保存し、パソコンの電源を落とす。デスクの上を片付け、帰り支度《じたく》をしていると、バッグのポケットに入れていた携帯電話がメールの着信を告《つ》げた。

送り主は、もちろん和馬さん。今日は彼も定時で上がれるとのことで、すぐに迎えに行くというメッセージだった。

新年度が始まってから私以上に和馬さんの仕事が忙しくて、最近は一緒に帰ることがなかった。

彼のお迎えは数日ぶりだ。

くすぐったく感じながら携帯をバッグに戻し、帰り支度《じたく》の続きをする。

「えっと、忘れ物はないよね」

周囲を見回してチェックをしていると、なにやらざわめきが聞こえてきた。その声は、徐々に大きくなる。

廊下の先でなにが起きているのか、散々繰り返されてきたことなので分かってしまう。

――相変わらず、和馬さんって注目の的《まと》だよねえ。

周囲が放っておかないほど素敵な人が彼氏であることに、私の胸はますますくすぐったくなった。

照れくさく思いつつ支度《したく》を整えていると、ざわめきが最高潮《さいこうちょう》に達する。

「ユウカ」

と、優しくて爽《さわ》やかな声で名前を呼ばれた。

入り口を見ると、今日も今日とてスーツ姿が凛々《りり》しい和馬さんが優雅《ゆうが》な佇《たたず》まいで微笑《ほほえ》んでいる。

登場した和馬さんに周りの女性たちがなにやら話しかけたそうにしているけれど、彼はそれを目礼《もくれい》でかわしている。

すると女性たちはそれ以上距離を詰めようとはせず、ただ、和馬さんをうっとり眺《なが》めていた。

総務部の人たちは私と和馬さんのお付き合いを知っているから、やたらと話しかけたりしない。

今さらだけど、公認というのはなかなか気恥《きは》ずかしいものだ。

そんな中で彼に近付くのは照れてしまうので、私はバッグの中を確認する振りをしている。

モゾモゾと荷物を整理していると、いつの間にか和馬さんがすぐ傍まで来ていた。

「ユウカ、お疲れ様」

「お、お疲れ様です」

声をかけられ、私はペコッと小さく頭を下げた。視線は伏《ふ》せたままだ。

彼のお迎えはこれまでに何度もあったのに、どうしても慣れない。悪いことをしてるわけじゃないのに、堂々としていられない。

これだけ周囲から温かい目で見守られていると、かえって居《い》たたまれないのだ。

モジモジしていると、

「さぁ、帰りましょうか」

と、彼はさり気ない仕草で私の右手を取り、キュッと握り締めてくる。

そして繋いだ手を引いて、歩き出した。

毎度おなじみの光景だが、総務部内の女性社員は密《ひそ》かに黄色い歓声《かんせい》を上げている（留美先輩以外ね）。

「竹若さん、いつ見てもかっこいい」

「タンポポちゃんが羨《うらや》ましいわ」

「相変わらず仲よしね」

そんな声がそこかしこから聞こえる。でも、そこには攻撃的な感情はまったくない。

留美先輩の話にあったように、和馬さんにとって私がどんな存在なのか、分かってくれているからだろう。

ありがたいけれど、それってかなり照れくさい。

恥《は》ずかしくて俯《うつむ》きながらチラッと横目で周囲を窺《うかが》うと、この光景を初めて目にする後輩たちは、口を半開きにして唖然《あぜん》とした表情で立ち尽くしていた。

世間一般では、社内恋愛をよしとしない企業もある。新入社員のみんなは、そうじゃない会社もあるんだって、余計に驚いているのかもしれない。

この会社では行き過ぎた行為がない限り、社員同士の恋愛を咎《とが》めたりしないのだ。

――まぁ、驚くのも無理ないかな。社内で手を繋いでいるなんてさ。しかも、周りがさりげなく応援しているし。

本当はみんなの前で手を繋ぐことは遠慮《えんりょ》したいけれど、そんなことを申し出たら、和馬さんはすかさず私を抱き上げるだろう。

だったら、大人しく手を繋いでいる方が私の心臓へのダメージは少ない。

これまでの和馬さんとのお付き合いで、その展開が予想できるようになったのを喜ぶべきか、悲しむべきか。

ほんのちょっぴり複雑だけど、繋いでいる手の温かさに幸せを感じる。

この大きな手から伝わる温もりには、私の手だけではなく、私の全部をすっぽり包んでくれる優しさがあるから。

――せっかく恋愛を容認してくれる会社なんだから、後輩のみんなも社内で素敵な恋人が見つかるといいな。

そう思えるのは、少しは余裕が出てきたからかな、なんてね。

顔をほんのり赤く染めながらも、繋いだ手を解《ほど》くことなく廊下を進む。

今日の出来事を報告し合っていると、会話がふいに途切れた。そして和馬さんがジッと私の顔を見つめてくる。

「あ、あの、なんでしょうか？」

「前髪を切りましたか？　印象が違うように思います」

フワッと笑う和馬さんに、私は素直にうなずいた。

「よく分かりましたね。ちょっとしか切ってないんですけど」

夕べ、なんとなく前髪が気になってしまい、自分で切ったのだ。だけど、一センチも切っていない。

女性は割と髪型の変化に敏感《びんかん》だが、こんな些細《ささい》な変化に男性である和馬さんが気付くとは思っていなかった。

少し驚いていると、和馬さんが目を細める。

「愛するユウカのことは、なんでも気が付きますよ。私はいつだって、あなたしか見ていませんから」

蕩《とろ》けそうな笑顔でそんなことを言われたら、嬉しいけれど恥《は》ずかしいではないか。

「そ、そうですか……」

とてもじゃないが彼の顔を見られなくなって俯《うつむ》くと、

「照れるあなたは、本当に可愛いですね」

と、つむじにチュッとキスされた。

その瞬間、離れたところから「きゃー！」という歓声《かんせい》が上がる。

ハッとして顔を上げると、女性たちがこちらを見て頬を染めていた。見覚えのない顔は、他の部署に配属された後輩たちだろう。

早くも公開羞恥《しゅうち》プレイは実行されてしまったのだった。

素早く一歩横に動き、和馬さんと距離を取る。

「ダ、ダ、ダメですよ！　社内でこんなことをしたら！　ほら、後輩たちに示しがつかないじゃないですか！」

慌てて注意すると、彼はサラリと周囲を見回す。その視線の先には、興味津々といった面持《おもも》ちでこちらの様子を窺《うかが》っている数人の姿があった。

「先輩として、もっと良識ある行動を取らないとダメですよ。ね？　ね？」

人目がある中での愛情行為は、恋人初心者マークが外れない私にとってハードルが高すぎる。

これ以上の行動を控えるように、和馬さんを必死で窘《たしな》めた。

なのに――

「ですが、ユウカに対する愛情は、刻一刻と増え続けているのですよ。私の愛を、是非《ぜひ》ともユウカに伝えなくては」

爽《さわ》やかな笑顔で一蹴《いっしゅう》された。

――いやいやいや、私の精神的ダメージが、刻一刻と増え続けていますって！

ふたたびつむじにキスを落とされそうになって、慌てて逃げる。繋がれている手は放してもらえないので、腕を伸ばしてギリギリまで距離を取った。

「か、和馬さんの愛情は嬉しいですけど、それは、できれば私一人にだけ見せてくれればいいかなって！　その方が幸せかなって！」

これ以上の公開羞恥《しゅうち》プレイを避けたい私は、なんとか言い訳を捻《ひね》りだして懸命に彼を説得する。

「そ、それに、恋人の和馬さんの顔は、独り占めしたいですから。誰にも見せたくないなぁ、なんて」

こんなセリフが出てくるとは、我ながら驚きだ。人間、必死になると底知れぬ能力が開花するらしい。

私の様子に和馬さんは少しだけ考え込み、そしてクスッと笑った。

「そうですね。私も、あなたの可愛らしい姿を独り占めしたいです。ですから、後輩たちの前では控えましょう」

よかった、分かってくれた。

ほうっと息を吐き、私は離れていた分の距離を詰めて彼の横に並ぶ。

「ところで、今日の夕飯はなににしましょうか？」

「そうですねぇ」

といった具合に、その後は何事もなく歩き始めたのだった。ふぅ、やれやれ。


地下駐車場につき、和馬さんの車の助手席に乗り込む。

シートベルトを装着し、バッグを膝《ひざ》の上に抱え、いざ発進……かと思いきや、彼は車のキーを回さずに私を見ていた。

「あれ？　なにか付いていますか？」

終業間際《まぎわ》に食べたクッキーのかけらが付いているのだろうか。慌てて口元を払うが、なにもなかった。

「いえ、違います」

和馬さんは助手席へと身を乗り出し、長い指で私の前髪を優しくすくい上げる。

「前髪を切ったことによって、ユウカの愛らしい瞳がより強調されているなと思いまして。こうして間近で見ると、先程よりも分かりますね」

サラサラと指をすり抜ける感触を楽しむように、和馬さんが何度も前髪に触れる。

「自分では分かりませんけど……」

私としては変化を感じるほど切ったわけではないので、自覚がない。総務部の人たちも、留美先輩以外はみんな気付かなかったのに。

先輩には、

『あら、前髪が短くなってるわね。どうせなら、もっと切ればいいのに。その方がデコピンしやすいから』

と、ありがたくないコメントを頂戴《ちょうだい》したっけ。

他の人では気が付かない変化。自分でもそれほど気に留めていないことにも、和馬さんはさりげなく気が付いてくれる。

それって幸せなことだ。

さっきは人目があったから照れ隠《かく》しで彼を窘《たしな》めたけれど、今は周りに誰もいない。

車の中で二人きりという安心感から、私は素直に自分の気持ちを言葉にした。

「私のことをちゃんと見てくれて、ありがとうございます。和馬さん、大好きです」

耳まで真っ赤にして、それでも彼の瞳をまっすぐに見つめて告《つ》げる。

すると和馬さんは一瞬驚いた顔になった。まぁね、私からこんな風に言うのは滅多《めった》にないからね。

和馬さんの目が、フワッと優しく弧《こ》を描《えが》く。

「ええ、私もですよ」

綺麗な笑顔がゆっくりと近付き、長い指が私の前髪を掻《か》き分ける。

「大好きです、ユウカ」

甘い声でささやかれ、彼の唇がおでこに押し当てられた。

その声と唇の感触がくすぐったくて、フフッと小さく笑ってしまう。

すると僅《わず》かに揺れる肩に、和馬さんの大きな手が乗った。

乗るというか、押さえつけるという感じ？

なんとなく不穏な空気を察知して恐る恐る目を開け、ゆっくり視線を上げた。

「ひぃっ！」

思わず顔が引き攣《つ》る。

そこにあったのは、和馬さんの笑顔。だけどその目は笑っておらず、彼の背後では黒い翼がバサリバサリと羽ばたいている。

——な、な、な、なに!?

今の今まで甘く穏やかな空気が漂《ただよ》っていたのに、車中ではブリザードもかくやという冷気が吹き荒《すさ》んでいる。

なぜ和馬さんは突然、魔王様になってしまったのか。

訳が分からずブルブル震《ふる》えていると、和馬さんの口角がクッと上がる。

――笑顔が怖いーーーーー！

シートベルトに加えて、彼の手による拘束《こうそく》。おまけに全身がピキーンと固まってしまい、逃げられる気がまったくしない。

硬直した体を震《ふる》わせていると、和馬さんの顔がスッと近付いてきた。

コツリとおでこ同士を合わせ、まつ毛が触れそうな距離で瞳を覗《のぞ》き込まれる。至近距離になったことで、威圧感は倍増。

いっそう青ざめたところで、彼が口を開いた。

「ところで、ユウカ」

「は、はひぃ！　な、なんでしょうか⁉」

「私以外の人に、『大好きだ』と言ってはいないでしょうね？」

普段よりも低い声でゆっくり告《つ》げられ、その恐ろしさで言葉の意味が理解できない。

――え？　あの？　大好きがどうしたって？

ぼやっとしていると、和馬さんに改めて言われた。さらなる威圧感をまとって。

「恋人である私以外の人に、あなたの口から『大好きだ』と告《つ》げたりしていないかと訊《き》いているのですよ」

「……へ？」

「あなたの好意はすべて私の物です。私以外に好意を向けるのは、たとえ僅《わず》かなものでも許しませんよ」

私の肩に置いた手に、ほんの少しだけ力を込める和馬さん。

その力は決して強いものではないのに、まるで漬物石でも載せられているような重圧感だ。

「え、ええと、その、話の流れでそういうことがあったような……」

しどろもどろながらも口を開くと、彼の目がスウッと細くなる。

「たとえあなたが頼りにしている中村君に対してでも、気安く『大好きだ』などと言ってはいけません」

――どうして、そのやり取りを知っているの!?

和馬さんは午前中からずっと社長のお供で社外に出ていて、ついさっき戻ってきたというのに。

だから、お昼休みの私と留美先輩の会話は知らないはずなのに。

――も、もしかして、今度こそ盗聴器《とうちょうき》が!?

以前から疑わしいと思っていたことが、ついに現実になったのかと、私は手が動かせる範囲で自分の服をパタパタと払い始める。

その様子に、和馬さんが喉《のど》の奥でクックックッと笑う。

「盗聴器《とうちょうき》は仕掛けていませんから、安心なさい。まだ組み立て前ですので、自宅にあります」

――うわぁぁぁ、すでに購入済み!? それ、ちっとも安心できませんけど！

いや、もう、盗聴器《とうちょうき》並みの勘《かん》のよさを発揮《はっき》しているのだから、仕掛ける必要はないのではないだろうか。

「さぁ、ユウカ。あなたが中村君に大好きだと告《つ》げた経緯を話してもらいましょうか。中村君は先程問い詰めましたので、今度はユウカの番です」

「え？　え？　ちょ、ちょっと、和馬さん？」

「じっくりと聞かせてもらいますよ、私の部屋でね」

ニッコリというより、ニヤリという表現が正しい笑みを浮かべ、和馬さんは離れた。

優雅《ゆうが》な仕草でキーを回す彼を横目で窺《うかが》いながら、

――先輩が言っていた面倒くさいことって、これか！

と、体の震《ふる》えをいっそう大きくしたのだった。


戦々恐々《せんせんきょうきょう》としながら夕飯の買い物を済ませ、和馬さんのマンションへとやって来た。

料理をする私の姿を、いつも通りキッチンの入り口に立って眺《なが》めている和馬さん。その視線が今日は、舐め回すかのようにねっとりとした印象を受けるのは、私の気のせいだと思いたい。

とにもかくにも夕食を作り終え、和やかな雰囲気で食事をする。アツアツのトマトリゾットをお腹に収めたら、和馬さんに対する恐怖も小さくなった。

食いしん坊だから、お腹が満たされればそれでよし。ということではなく、結局のところ、本気で和馬さんに怯《おび》えているわけではない。……と思う。

そのところは自分でもちょっとはっきりしないけれど、和馬さんは絶対に私の嫌がることとか怖がることとかはしない人だと分かっているから。

なにかの拍子《ひょうし》に真っ黒な魔王様になってしまうけれど、ずっと黒い翼を羽ばたかせているわけではない。

それに和馬さんが魔王様になるのは、それだけ私のことが好きだからかなって。

私のことをどうでもいいって思っていたら、そんなにこだわったりしないだろうし。

愛情表現の一つだと思えば、魔王様の和馬さんを許せなくもない。……この先、絶対に慣れることはないだろうけれど。


食事を終え、リビングのソファに移動して、おしゃべりタイムという名の尋問《じんもん》が始まった。

私の左側に腰を下ろし、右腕を私の肩に回して、ピッタリと寄り添う和馬さん。

長い腕で私を拘束《こうそく》し、髪に頬ずりするように隙間なくくっつかれると、私はもうどうすることもできない。

「さぁ、ユウカ。話してくれますよね？　私以外に『大好きだ』と告《つ》げた、いきさつを」

「は、は、はいっ！」

ガックンガックン首を縦に振った。

「あの、ええと、それはですね。なんと言いますか……」

私はおぼつかない口調で、留美先輩との会話を再現する。

こんな風にして私の日常を知ろうとするのは、他の人から見ればちょっとどころではなく、完全に横暴《おうぼう》かもしれない。

いくら恋人同士であっても、プライバシーというものはあるからね。

和馬さんが脅迫《きょうはく》まがいなことをしてまで私のことを気にかけているのは、理由があるのだ。

それは、私が自分の気持ちを押し込め、悩み続けた結果、和馬さんとの別れを選ぼうとしたことがあるから。

それ以来、和馬さんはどんな些細《ささい》なことでも、私のことを知ろうとする。別れのきっかけになりそうな極々《ごくごく》小さな芽《め》さえも、決して見落とさないように。

——そう考えると、自業自得なのかなぁ。

和馬さんはいつだって、『どんなユウカでも受け止めてみせます。なんでも話してください』と、優しく両手を広げてくれていたのに。

——ちゃんと恋人同士っていう関係なのに、お付き合いに関することを一人で勝手に決めるのはよくないよね。

相手のためにと考えたことだとしても、一方的に結論を出してしまうのは、結局、相手のためになっていないこともあるのだと、私は学んだ。とはいえ——

——ほらね、私の恋愛経験値は少しずつ上がってますよ～♪

などと、のん気な調子ではいられない。和馬さんは真剣なのだから。

留美先輩との昼間のやり取りは隠《かく》すことではないし、それに、彼はすでに先輩を問い詰めたと言っているので、覚えている範囲で全部話した。

必死の説明を聞き終えると、和馬さんは苦笑いする。

「そうですか。中村君には、学生時代から苦労を掛けてしまっていますね。そのうちに中村君の好物を差し入れして、労《ねぎら》いましょうか」

その顔は穏やかで、魔王様はやっと姿を消した。……ように見えた。

「中村君の働きやユウカを見守ってくださる気持ちは非常にありがたいですが、それでも、あなたが『大好きだ』と言ったことは見逃せませんよ？」

私の肩に置かれた手に、ググッと力が入る。そして、もう一方の手が伸びてきて、あっという間に広い胸に抱き込まれてしまった。

「か、か、和馬さん!?」

ハッとして見上げた彼の顔は、車中で見たものと変わりない。それどころか、黒い翼に加えて、黒いしっぽまで見える。

「あなたが『大好き』と告《つ》げる人物は、この世に私限りだということをきちんと理解していただかなくては」

「え？　え？」

背骨が軋《きし》むほど抱き寄せられたかと思ったら、彼の綺麗な顔がすぐ傍まで迫っていた。

「私以上にあなたに愛情を注《そそ》ぐ人間はいないことを、今から、その体に分からせてあげますね」

艶《あで》やかに微笑《ほほえ》んだ和馬さんは、それからじっくり三十分ほど、私の唇を離さなかった。


本当にようやくといった感じで唇が解放されたころには、私は息も絶《た》え絶《だ》えだった。

反対に和馬さんはスッキリというか、やたらと嬉しそうな顔をしている。

——私はこんなに苦しいのに、もう……

悔《くや》しさちょっぴり、照れ隠《かく》したっぷりで、私は和馬さんのみぞおち辺りをポスン、と殴ってやる。

ムウッと唇を尖《とが》らせ、不貞腐《ふてくさ》れたふりをして、ポスン、ポスンと拳《こぶし》を繰り出した。

「すみません、苦しかったですか？　このところ、ユウカにじっくりと触れる時間がなかったものですから、少々、箍《たが》が外れてしまったようです」

反省しているのか、和馬さんは私の攻撃を避けることなく、大人しく受けている。まったく威《い》力《りょく》はないから、痛くないだろうしね。

こんなじゃれ合いができることが、すごく嬉しいと思う。

たくさんの女性から視線を向けられ、社内の女性社員から「現代の光源氏」と呼ばれ、新入社員から熱烈な興味を寄せられている和馬さん。

社長秘書でSPで、普段は近寄りがたいと、一目置かれている彼が、私の前でだけはプライベートな顔を見せてくれる。

――キスができて嬉しいのは私も同じだけど、そのことは言ってあげない。

わざわざ教えなくても、勘《かん》のいい彼のことだからお見通しだろう。

それでもあえて言ってこないのは、言えば恥ずかしがり屋の私が取り乱すことを予想した彼の優しさでもある。

愛されてるなぁと思いつつも言葉にするのは照れるので、私は最後にちょっと力を込めて、和馬さんに凭りかかったのだった。

しばらくすると私の呼吸と顔の赤みが収まり、それからは普通に会話を交わしてゆく。

話題は主に、総務部に配属された後輩たちについてだ。

私と彼らのやり取りを、和馬さんは優しい眼差《まなざ》しで聞いてくれている。

「いい先輩として、彼らと接しているユウカの姿が目に浮かびます。一生懸命なあなたを見て、慕《した》ってくれているのでしょう」

和馬さんの言葉に、私はニコッと笑った。

「そうなんですよ！　年齢は私の方が下なのに、それでもみんな、私のことを先輩、先輩って頼ってくれるんです。なんか、もう、めっちゃくちゃ可愛いですよ！」

私は一人っ子だから、兄弟姉妹の関係にものすごい憧《あこが》れがあった。小学校低学年まで、サンタさんへの手紙に「お兄ちゃん、お姉ちゃん、妹、弟がほしいです」と、本気で書いたものだ。

ある程度の年齢になって、兄弟姉妹を持つというのはそう簡単なことではないと分かり、手紙は書かなくなった。

それでも、憧《あこが》れる気持ちが消えたわけではない。

フツフツと燻《くすぶ》る思いを抱きつつ短大を卒業してこの会社に入ったら、なんと、長年の願いが半分叶《かな》った。

留美先輩は、お姉さんのような感じだし、私のことを可愛がってくれる先輩の男性社員さんたちは、お兄さんのようなものだ。

念願の会社に就職できたことも嬉しかったが、兄姉のような存在ができたこともかなり嬉しかった。

だけど四大卒の社員がほとんどのこの会社では、短大卒の私が、弟や妹のような存在を持つのは無理だと諦《あきら》めていた。

それが、それがだよ！　私のことを慕《した》ってくれる後輩がようやくできたものだから、嬉しくってたまらないのだ。

その喜びを両手で拳《こぶし》を握り締めながら力説すると、寂しげな微笑《ほほえ》みが返ってきた。

「そんなにユウカに可愛いと思ってもらえるなら、私もあなたの後輩になりたいです」

「はい？」

パチパチッと瞬《まばた》きをする私。

「あはは、やだなぁ。私よりも先に入社している和馬さんが後輩になれるはずないじゃないですか。

和馬さんも冗談を言うんですね。ははっ」

声をあげて笑っていると、彼が向き直り、やけに真剣な顔つきになった。

「冗談ではありませんよ。それに、私がユウカの後輩になることは可能です」

「へ？　どうやって」

またパチパチと瞬《まばた》きをしていると、和馬さんは真面目《まじめ》な声で言った。

「まず、この会社を辞めます」

「ん？」

思いもよらない展開に、私は瞬《まばた》きを続ける。

そんな私をよそに、和馬さんは己の計画を披露《ひろう》してゆく。

「そして新たにエントリーして、入社するのです。もちろん、配属希望は総務部広報課で」

「は？」

――会社を辞めて、また入社？

猛烈《もうれつ》なスピードで、瞬《まばた》きを繰り返す。

「年齢はユウカよりも上ですが、総務部社員としてはあなたの方が先輩ですからね。これで、私はユウカの後輩になれるわけです」

和馬さんはニッコリと笑いながら、膝《ひざ》の上に置いていた私の手を両手で包み込んでくる。

「ね、不可能ではないでしょう？」

包んだ手をキュウッと握り締め、軽く首を傾ける。その様子はちょっと可愛いけれど、彼の話は少しも可愛くない。

「な、なにを言ってるんですか！　そう簡単にいかないと思いますよ!?　それに、和馬さんってかなり重要なポジションを任されているじゃないですか！　簡単に辞めさせてもらえないですって！」

アワアワしながら言うと、和馬さんは平然と言い返してきた。

「社長を脅《おど》せば、いえ、説得すれば簡単ですよ。それに、いくら社長であっても、社員の辞める権利を侵《おか》すことはできませんしね」

――今、脅《おど》すって言った!?

私はギョッとして目を瞠《みは》る。

「で、でも、たとえ辞めることができたとしても、またここに就職できるかどうかは分かりませんよ？」

辞めました。また、働かせてください。

そんな話が簡単に通るものだろうか。しかも理由が「私の後輩になりたいから」といったふざけたものでは、常識として通るはずがない。

ところが、彼はどこ吹く風だ。

「そこも社長を脅《おど》す、いえ、私の熱意を伝えれば、理解していただけるかと」

――なんか全体的におかしいと思うんだけど！

ああ、でも、和馬さんならやりかねない。そして、彼の黒い微笑《ほほえ》みに逆《さか》らえない社長の姿も想像できる。

和馬さんのとんでもない計画にアワアワしていると、

「ユウカ先輩に、色々と教わるのは楽しみです。私が後輩となった暁《あかつき》には、存分《ぞんぶん》に可愛がってくださいね」

と言って和馬さんは優雅《ゆうが》に微笑《ほほえ》むのだった。

いくらなんでも、さすがに「後輩になろう計画」を実行に移す気はなかったようで、慌てふためく私に和馬さんは、

「本気で心配しないでください、冗談半分で言ったことですから」

と言ってクスクス笑っていた。

……半分は本気だったのか？　と突っ込むのはやめた。下手なことを言って、完全に本気になら

れたらシャレにならない。

そう思っておとなしくしていたら、さらなる爆弾発言が飛び出した。

「いちいち会社を辞めなくても、異動願いを出せば済む話ですしね。そうすれば、さほど時間もかかりません」

――うわぁ。その方がより単純かつ現実的な計画だよ！

私は何度も、泡を食《く》う羽目《はめ》になったのだった。


～その頃の社長室～


三人いる秘書たちが退社した後も、社長は一人、残業していた。

先日、晴れて入社した新入社員たちのプロフィールに、一つ一つ目を通す。

「さすが、人事部長の目に狂いはないな。優秀な人材が揃《そろ》っている」

彼らの履歴書や面接時の印象を記したメモなどを見ながら、社長は微笑《ほほえ》む。

特に、人事部長自《みずか》ら作成したメモには熱心に目を通していた。

学歴や高度な資格もそれなりに評価すべき点であるが、なにより必要なのは胸に抱《いだ》く熱意だ。

多少クセのある人物であっても、まずはやる気を買いたい。

会社でどのような仕事をしたいのか。仕事を通して、どういう人間になりたいか。

そのような点を社長である自分も、人事部長も重要視しているのだ。

「これから楽しみだ」

そうつぶやいた社長は、去年の面接を思い出す。


『日本一の社内報を作りたいんです！』


小柄な彼女――小向日葵ユウカが全身を使って訴えてくる熱意に、心を打たれた。こんなに意欲のある彼女であれば、通常の業務にも熱心にあたるに違いない。

そう考えて採用を決めた読みの通り、彼女が所属する総務部は一段と活気付いている。

「当時の小向日葵君が今の自分を見たら、相当驚くだろうなぁ」

ポツリと漏《も》らし、クスクスと笑う。

恋愛事に不慣れで無邪気な彼女に、一筋縄ではいかない彼氏ができるなどと、誰が予測できただろうか。

「竹若の愛情表現の激しさは厄介《やっかい》だが、まぁ、小向日葵君もおおむね幸せそうにしているから大丈夫か」

見かけるたびに顔を真っ赤にして恥《は》ずかしがっているが、それでも、偽《いつわ》りのない竹若の愛情に包まれている彼女は、やはり満ち足りた様子なのだ。

そんな風に、信頼する部下の恋に思いを馳《は》せ、社長も温かな気持ちになる。——自分の片腕と思っている部下が、恋人への独占欲を発揮《はっき》するあまり、社長である自分を躊躇《ためら》いなく脅迫《きょうはく》しようとしていることも知らずに。

2　モテる人は大変なようで……

週が明けて月曜日の今日、朝から元気いっぱい仕事に励《はげ》んでいる。

バリバリ仕事をこなし、お昼はモリモリお弁当を食べ、また午後からバリバリ仕事。

頑張って、頑張って、頑張りすぎて、午後三時には見事にガス欠状態になってしまった。

「タンポポちゃん、大丈夫？」

デスクにぐったり伏《ふ》せている私の頭を、留美先輩が優しく撫《な》でる。

「大丈夫ですよぉ。だって、私は先輩ですからぁ」

「伸びている状態でそんなことを言っても、格好つかないわよ」

クスクス笑いながら、先輩が私の頭をつついた。

「ほら。気分転換に風に当たって、しゃんとしてらっしゃい」

「はぁい」

私はモソモソと起き上がり、総務部を後にしたのだった。

社屋裏《しゃおく》の空き地で野良猫《のらねこ》としばし戯《たわむ》れて気分転換をした。

「さて、そろそろ戻ろっかな」

猫たちに手を振り、社員通用口へと向かう。

扉を開けようとしたその時、

「ユウカ先輩」

と声をかけられた。

「はい？」

振り返ると、少し離れた場所で和馬さんが軽く手を振っている。

こんなところで思いがけず彼に会ったことも驚きだが、それ以上に、驚くべき点があった。

――今、なんて言った？

ビックリして固まっていると、和馬さんが優雅《ゆうが》な足取りでやってきた。

「どうしました？　ユウカ先輩」

穏やかな声で話しかけられるが、私のパニックは収まらない。

「え？　え？　ま、待ってください。和馬さん、今、ユウカ先輩って……」

「はい、言いましたよ。それがどうかしましたか、ユウカ先輩」

ニコニコと笑みを浮かべつつ、彼は首を傾《かし》げた。

──う、う、嘘！　嘘ーーー！　本当に私の後輩になったの？

ドアノブを握り締めた状態で動けなくなった私に、和馬さんが小さく噴き出す。

「冗談ですよ。私はちゃんと社長第一秘書のままですから。あなたを少しからかっただけです」

「あ、そ、そうですか。そうですよね。やだなぁ、私ったら。変な勘《かん》違いしちゃって」

体の硬直を解《と》き、盛大に胸を撫《な》で下ろした。

そんな私を見て、和馬さんが目を細める。

「ユウカはあわてん坊ですね」

口元に手を当てて静かに笑う彼を見上げて、私は頭を掻《か》いた。

「ホント、あわてん坊ですよね。ははっ」

「異動願いは提出してから受理されるまでに、一ヶ月以上かかるんです。ですから、まだ、総務部の社員ではありません」

──なんだとーーーー！

和馬さんの言葉に、頭に手を当てた状態で固まる私。

和馬さんはふたたび笑みを零《こぼ》す。

「本気にしないでください。私は社長秘書を辞める気はありませんし、異動願いも出していませんから」

その目に嘘は感じられず、私はドッと体の力が抜けた。

「はぁ、ビックリしましたぁ」

「すみません。まさかそんなに驚かれるとは。なんだか疲れた顔をしていたので、冗談を言ってあなたを元気付けようと」

――そんな悪趣味な冗談、元気になるどころか余計に疲れるんですけど。

「ま、まぁ、いいです。でも、私、そんなに疲れているように見えます？」

和馬さんが心配するほどのことだろうか。

自分の頬を手の平でグイグイ押してみる。

すると、私の手に和馬さんが左手を重ねてきた。

「いつもに比べたら、元気がないように思いました。ですが、疲れていてもユウカは可愛いですよ」

「そ、そうですか……」

和馬さんのセリフと温もりで、ホワンと顔が熱くなる。

「ユウカを元気にさせるなら、冗談を言うよりももっと効果のあるものを用意しています」

そう言って、和馬さんは右手に持っていた小ぶりな紙袋を軽く振って見せた。

「所用で外に出たついでに、買ってきました」

「なんですか？」

和馬さんは私から手を離して紙袋の中に入れると、小さな小さなベイクドチーズケーキを取り出す。

「量り売りをしている店を見つけまして。ユウカのおやつにちょうどいいのではと思ったんです」

それは、一口サイズの楕円形《だえんけい》のケーキ。全体は輝《かがや》くような黄金色《こがねいろ》で、表面には薄い色が焼き付いていた。見るからに美味しそうである。

「うわぁ、嬉しいです。ありがとうございます」

わくわくして自然に笑顔となった。先程の冗談よりも効果テキメンだ。

「はい、どうぞ」

和馬さんが差し出してきたので、受け取ろうと手を伸ばす。ところが、スッと避けられてしまった。

「あれ？」

遠ざかったケーキと彼の顔を交互に見比べていると、

「私が食べさせてあげますから、口を開けてください」

と言われた。

「は？　い、いえ、自分で持って食べます」

もう一度手を伸ばすが、やはり避けられてしまう。ケーキは和馬さんの頭上高くに掲げられてしまった。

「今まで猫たちと遊んでいたのでしょう？　その後、手を洗っていませんよね？」

――なぜ、それを知っている!?

和馬さんは盗聴器《とうちょうき》だけじゃなく、盗撮用カメラも私に仕掛けているのではないだろうか。

もう、愛ゆえに察知するといったレベルを完全に超えていると思う。

若干怯《おび》えつつ、

「あ、そ、そうですけど」

と答えると、和馬さんはケーキを持つ手を下ろした。

「ですから、遠慮《えんりょ》しないでください」

――私は遠慮《えんりょ》しているのではなく、恥《は》ずかしいんです……

「自分で食べます」、「食べさせてあげます」のやり取りを数度繰り返すうちに、いつの間にか壁際《かべぎわ》に追い込まれていた。

「さぁ、召《め》し上がれ」

和馬さんは、笑顔でチーズケーキを差し出す。私はそれをサッと避ける。

だけど、同時に和馬さんもスッと同じ方向に動く。

ならば今度はと、さっきよりも素早く反対側に足を踏み出す。が、反射神経抜群《ばつぐん》の彼をかわせるはずがない。余裕の表情で、チーズケーキを手に立ちはだかっている。

私か和馬さんのどちらかの部屋でならまだしも、会社の敷地内でのあーん攻撃は恥《は》ずかし過ぎる。

なのに、彼は一向に譲《ゆず》る気配がない。笑顔でジリジリと迫ってくる。

——ええー、どうしよう……

このままだと誰かがやってきて、目撃されてしまうかもしれない。

あーん攻撃を受ける自分を晒《さら》すのならば、今、降参してしまった方が精神的ダメージは少ないだろう。

「い、いただきます……」

戸惑いと諦《あきら》めと羞恥《しゅうち》が入り混じった複雑な顔で口を開くと、ソッと押し込まれる。

しっとりとした感触と濃厚なチーズの香りが口の中に広がる。レモンの風味がきいているので、後味はとても爽《さわ》やかだ。

「あ、美味しい」

思わずつぶやくと、和馬さんは穏やかに笑う。

「そう言ってもらえてよかったです」

赤い顔のままモグモグしていると、和馬さんが紙袋を差し出す。

「あと五個ほど入っていますから、後でゆっくり食べなさい」

和馬さんは紙袋を私に持たせ、

「では、仕事に戻りますね」

と言って、立ち去った。

私はケーキが入った紙袋を抱え、居《い》たたまれない気持ちでそのうしろ姿を見送る。

今のやりとりは確かに恥《は》ずかしいのだが、ちょっとだけ、ほんのちょっとだけ嬉しいと思う気持ちもある。

だってさ、いつでもどこでも私のことをかまってくれるのって、なんか幸せだなって。

しかし、誰にも見られていないと思っていたこのやりとりを後輩たちにしっかり見られていたのだと知るのは、もう少し後のこと……

＊　＊　＊

後輩たちが本格的に仕事を始めて三日が経《た》った。

水曜日はそれほど仕事が立て込むことはなく、比較的余裕がある。

だから私は久しぶりに、公園のベンチでお昼をとることにした。早々にお弁当を食べ終え、バッグからあるものを取り出す。

「じゃじゃ〜ん！」

陽気な掛け声とともに手に取ったのは、買ったばかりのスマートフォンである。

「はぁ。やっぱり持ち慣れないぃ」

手の平に上手く収まらなくて苦笑い。

つい最近まで私は、ガラケーと呼ばれる携帯電話を使っていた。

流行りのネットゲームやＳＮＳには興味がなく、家に戻ればパソコンがあるので、電話機能とメール機能だけで事足りた。

それに私の手は小さいから、スマートフォンだと持ちにくい。

短大時代から愛用の携帯電話が使い慣れていたので、大多数のスマートフォンユーザーに囲まれて少々肩身の狭い思いをしながらも、私は買い替えなかった。

ところが、このところ携帯電話の調子が悪く、急に電源が落ちて『初期化しますか？』という画面が表示されたり、たまにメールが繋がらなくなったり、充電がうまくできていなかったり。

電池パックと充電器を新しいものに替えてみても、それほど改善されなかった。

携帯電話がないと生きていけないわけではないが、持っていることが当たり前の生活を続けてきた。

それに、和馬さんと連絡が取れなくなってしまうのも不安だった。

彼からのメールが途絶えたり、電話越しの「おやすみ」が聞けなくなったりとかさ。私も段々と恋する乙女になってきたものだ。えへへ。

これはもう買い替える時期だろうかと考え、和馬さんに相談したのである。

それというのも、彼は仕事用にスマートフォンを支給されているのだ。

スケジュールやデータを管理する上でスマートフォンの方が便利らしい。

社長秘書の三人にまず支給され、状況を見ながら秘書職の社員にも支給されるとか。

和馬さんの個人用携帯はガラケーだが、一足先にスマートフォンを使用しているのであれこれ話を聞き、先日の休みに二人で携帯電話のショップに行くことにしたのである。

そんなわけで、日曜日に手に入れたスマートフォンは、和馬さんとお揃《そろ》いの機種だ。そしてカバーは色違い。

こういう小さなことでも、私たち、お付き合いをしているんだな、と思えて胸の奥がくすぐったい。

「さてと、このアプリを呼び出す時は……」

月、火と、説明書を確認したので、ぎこちないながらもどうにか基本的な操作はできる。

が、途中で分からなくなった。

「ん？　あれ？　この後、どうするんだったっけ」

バッグの中を覗《のぞ》くが、説明書が入っていない。家に置いてきてしまったようだ。

「困ったな」

下手な操作をして不具合が発生すると大変だ。私はいったん画面を戻した。

その時、画面が明るい光を放ち、メールの着信を告《つ》げる。

「あ、和馬さんからだ」

たどたどしい手つきで画面を開くと、『お客様から社長への手土産《てみやげ》で、苺《いちご》のタルトを頂きました。ユウカにお裾分《すそわ》けします。食後のデザートにいかがですか？』と書いてあった。

「やったぁ！　食べます、食べます！」

ちょうど和馬さんに会いたいと思っていたのだ。おまけに苺《いちご》のタルトまで手に入るとは、なんてラッキーなのだろう。

「ええと、『今からすぐに向かいます』っと。送信」

メール機能だけはなんとか使えるようになったので、急いで返事をし、私は荷物を持って走り出した。


社長室に向かうと、扉の前で和馬さんが立っていた。

「社長は九州支社に電話中ですので、三階の休憩室《きゅうけいしつ》に行きましょうか」

和馬さんは左手で私の背中を押し、先へと促《うなが》す。

「お昼休みの時間もお仕事なんて、社長はやっぱり大変なんですね」

社員はよほどのことがない限り、十二時から休憩《きゅうけい》が取れるのだが、会社のトップともなれば仕事も待ってはくれないのだろう。

かわいそうだなと思っていると、

「社長が率先《そっせん》して業務にあたる姿は、社員たちにとっていい刺激になるはずですよ。大変ではあるでしょうが、トップには責任と苦労がつきものですから」

と、和馬さんが返してくる。

「なるほど」

よし、社長を見習って私ももっと頑張るぞ、と心の中で息巻いている横で、彼がぽそっと漏《も》らす。

「社長は少しでも手が空《あ》くと、片想いの女性のことを考えてぼんやりなさいますからね。馬車馬のごとく、せっせと働けばいいのですよ」

……聞かなかったことにしよう。


昼休みが始まって三十分ほど過ぎた今、休憩室《きゅうけいしつ》はそれほど混み合ってはいなかった。食後のお喋《しゃべ》りを楽しんでいる姿がチラホラ見える程度である。

「あちらに行きましょうか」

和馬さんが窓際の席へと促《うなが》す。窓に沿って長椅子《ながいす》が置かれている場所は、程よく日陰になっているので、この時間は眩《まぶ》しくない。

私たちは、横並びに腰掛けた。

「はい、どうぞ」

ケーキの箱を和馬さんが差し出す。

開けてみると、真っ赤な苺《いちご》がきれいに並べられ、表面を薄くゼリーでコーティングしてある手の平サイズのタルトが入っていた。

「ありがとうございます」

バッグから出したお絞りで手を拭《ぬぐ》うと、私は苺《いちご》のタルトを箱から取り出す。

「いっただきまぁす」

大きく口を開けて、いざ、かぶりつこうとしたところ、和馬さんが「ユウカ、ちょっと待ちなさい」と声をかける。

「なんですか？」

「そのままですと、タルト生地がスカートに落ちますよ」

そう言って、和馬さんはスーツの上着ポケットからピシッとアイロンのかかった紺色のハンカチを取り出し、私の膝《ひざ》の上に広げてくれた。相変わらず、紳士《しんし》な対応だ。

「これで大丈夫でしょう。遠慮《えんりょ》なく、召《め》し上がれ」

ニコッと笑って、ゴーサインを出す。

「ありがとうございます」

私は真っ赤なタルトにかぶりついた。

――和馬さんって、気配りも抜群《ばつぐん》だよね。さすが、社長秘書。

かっこよくて、優しい彼に、こんなに甘やかされていいのだろうか。

気恥《きは》ずかしさを誤魔化《ごまか》したくて夢中になってタルトを食べていると、和馬さんの長い指がスッと横から伸びてくる。

「ついてますよ」

私の口元にあったタルト生地のかけらを指で摘《つま》み、それを自分の口元に運んでパクリ。

そんな彼の様子に、私の顔はみるみる熱くなる。

私たちがいる場所はかなり奥まっているところで、テーブル席に座っている人たちからは見えにくい。

それでも、今の彼の行動は十分に恥《は》ずかしい。

私は食べかけの苺《いちご》タルトを手に硬直する。

「う、あ、あ……」

和馬さんを見ながら小刻みに震《ふる》える私に、和馬さんがクスリと苦笑する。

「真っ赤なユウカ、可愛いですね。今すぐ食べてしまいたいです」

そのセリフに、私の顔はさらにドカンと赤くなった。

「そ、そ、そんなこと、言わないでください。あ、あと、摘《つま》んだかけらを食べないでくださいよ」

涙目で睨《にら》みつつアワアワと言うと、またクスリと笑われる。

「そんなに睨《にら》まないでください。本当は舌で舐めとってあげたいところを我慢したのですよ」

「な、舐めっ⁉」

ビクッと震《ふる》えた私の手から、残り三分の一程となったタルトが落下する。

それをすかさず和馬さんがキャッチした。

タルトを手に私に身を寄せ——

「舐めてもよかったですか？」

と、少し低めの艶《つや》っぽい声でささやいてきた。

「ダ、ダ、ダ、ダメです！　それは絶対にダメです！」

ブンブンと首を横に振って否定する。

「ですよね。では、我慢した私を睨《にら》まないでください。さあ、残りのタルトもどうぞ」

差し出されたタルトを慌てて口に押し込み、ものすごい勢いで咀嚼《そしゃく》したのだった。


食べ終えた私は、持っていたティッシュで素早く口元を拭《ぬぐ》った。モタモタしていたら、和馬さんがまた、「舐めましょうか？」と発言しそうで怖かったから。

借りたハンカチは洗って返すということで、バッグにしまう。

一息ついたところで私は、和馬さんへのお願いを切り出した。

「スマートフォンの使い方が分からなくなっちゃって。教えてもらえますか？」

「いいですよ」

私はスマートフォンを取り出して、彼から指導を受ける。丁寧にゆっくり教えてくれるので、疑問はあっという間に解決した。

「ありがとうございます。助かりました」

ニッコリ笑うと、和馬さんも笑顔になる。

「使い慣れれば便利だと思いますよ。私はまだまだ勉強不足ですが」

その言葉に、私はとんでもないとばかりに首を横に振った。

「和馬さん、十分使いこなせていますよ。今だって慣れた手つきだなって思って見ていました」

スラリと長い彼の指が画面の上を滑《すべ》る様子は、なかなか素敵なのだ。

和馬さんはお世辞ではなく仕事ができる人だ。その彼がスマートフォンを器用に操る様子は、いっそうできる男に見せている。

そんな和馬さんにコッソリ見惚《みと》れていたりするものの、恥《は》ずかしいからそれは内緒。

「私にも使いこなせますかねぇ」

照れくささを隠《かく》すようにつぶやくと、優しい声が降ってくる。

「私でよければ、ユウカに教えますよ。分からないことがあったら、いつでもどうぞ」

「面倒掛けますけど、ぜひ、お願いします」

と頭を下げたら、和馬さんがスマートフォンを持つ私の手に触れて、やんわりと力をこめてきた。

「ユウカのために費《つい》やす時間を、煩《わずら》わしく思うことなどありません。私が手取り足取り、しっかりと教えてあげますから」

――和馬さんの手取り足取りって言うのは、シャレにならないんだよね！

「え、あ、あの、お手柔らかに……」

優しい笑顔の奥に危ない光を感じ取り、私の顔は少し引き攣《つ》った。

そんな私たちの会話に割って入る声があった。

「あの……」

声がした方に顔を向けると、スマートフォンを手にうっすらと頬を染めている五人の女性たちがいた。

見たところ、総務部以外の後輩たちだ。

なんだろうなと、彼女たちの次の言葉を待つ。

だけど、彼女たちは一様《いちよう》に赤い顔のまま、一点を見つめていた。視線の先にいるのは、私の横にいる和馬さん。

私もすぐ傍にいるのに、彼女たちの視界に入っていないのは明らかだ。それは私がちびっ子だからという理由ではないことくらい、おニブさんの私でも分かる。

――あぁ。さっきの和馬さんの笑顔にやられちゃったんだねぇ。

留美先輩は「竹若君は自覚が足りない」と言っていたけれど、自然に出てしまう笑顔はどうしようもないだろう。

それに、和馬さんは周囲の女性を惹《ひ》きつけることが目的で笑みを浮かべたのではない。イケメンと美人さんには付き物の事故である。

「どうしたの？」

一言発したきり黙っている後輩たちに、優しく声をかけた。

すると彼女たちはチラリと私を見てから、和馬さんへと視線を戻した。

あぁ、はいはい。私なんかを見るより、美青年の方がいいですよね。分かります、よぉく分かります。

私はため息を堪《こら》えつつ、彼女たちの言葉を待つ。

やがて五人いるうちの、真ん中の女性が口を開いた。

「実は、私たちも最近、スマートフォンに替えたばかりなんです。竹若さんは使い慣れているようですから、教えていただけないかと」

和馬さんを見つめて言う。

はにかんだ様子で少しずつ近寄ってきた彼女たちは、いつの間にか彼を囲むように立っていた。

流行りの髪型、お洒落《しゃれ》な服装。メイクも靴も可愛らしい後輩たち。

そんな彼女たちが、一斉に口を開いた。

「お願いします」

「教えてください」

「お時間は取らせません」

「少しでいいんです」

「お礼もしますから」

ポーッと顔を赤らめ、和馬さんにさらに近付く。

その様子に、チクンと胸の奥が痛くなった。なんだか、よくない感情がムクムクと湧《わ》き起こる。

――変だなぁ。胸焼けするほど、大食いはしてないし。

胸の辺り一帯を手の平で撫《な》でながら、彼と彼女たちの様子を見守る。

優しい和馬さんのことだから、乞《こ》われた通りに教えるのだろうか。お昼休みが終わるまで、まだ時間はある。簡単な操作を教えるには十分だろう。

――どうするのかな？

端整《たんせい》な横顔を眺《なが》めていたら、彼の表情が冷たいものに変わった。

「でしたら、ショップの店員に訊《き》くのが一番ですよ」

私には向けられたことのない素《そ》っ気《け》ない声で、和馬さんが言い返す。

それを聞いて彼女たちも驚くが、私も驚いた。

――あれ？　教えないの？

パチクリと瞬《まばた》きをしながら和馬さんを見ていると、私へと向き直った彼が表情を一変させ、心配そうに言ってくる。

「ユウカ、どうしました？　具合が悪くなりましたか？　苦しいですか？　それとも痛いのですか？」

「あ、いえ。別に、なんでもないです」

慌てて胸元を擦《さす》っていた手を止めて下ろした。

「私は元気ですよ」

と言うと、和馬さんは優しい笑みを浮かべる。

「それならよかったです。ユウカは頑張り屋さんですから、無理でもして体調を崩したのかと心配になりました」

彼の大きな手が、ゆっくりと私の髪を撫《な》でる。

「一生懸命なユウカは大好きですが、くれぐれも無理のないように。健康だからこそ、仕事を頑張れるのですよ」

穏やかに窘《たしな》められ、私はコクンとうなずく。

「は、はい。気を付けます」

さっきの素っ気《そけ》なさはまるで嘘のようだ。声も視線も表情も、いつもの通り。

そこに、またしても後輩たちの声が割り込む。

「竹若さん、お願いしますっ」

いっそう前のめりで和馬さんにお願いしてくる。

途端《とたん》に、和馬さんの顔から表情が消えた。

「店員に訊《き》くようにと言った私の言葉が聞こえなかったのですか？」

表情だけではなく、声にも抑揚《よくよう》がない。

後輩たちはビクッと大きく肩を跳ね上げる。

「で、で、でも……」

「私たちは……」

「ほんの少しの時間でいいので……」

なおも食い下がろうとする後輩たちに、和馬さんはこれみよがしにため息を吐いた。

「どうやら話が通じないようですね」

スッと立ちあがり、不機嫌そうに後輩たちを一瞥《いちべつ》する。顔立ちが整っている上に高くから見下ろす格好になっているので、ものすごい迫力だ。

「あなた方はスマートフォンの使い方を覚えるよりも先に、場の空気を読むことを覚えた方がいいでしょう。ユウカ、行きますよ」

「え？　は、はいっ」

私は慌てて手荷物を持って立ちあがる。

「では、失礼」

和馬さんは呆然《ぼうぜん》とする後輩たちにおざなりに声をかけ、私の手を掴《つか》んでその場を後にした。

彼に手を引かれるままついて歩いていると、やがて、人気《ひとけ》のない廊下の突き当たりにやってきた。

これまでずっと無言だった和馬さんがクルリと振り返り、正面からギュッと抱き締めてくる。

「あ、あの、和馬さん？」

突然のことに戸惑っていると、頭の上に長いため息が降ってきた。

「……しばらく、このままでいさせてください」

私を包む長い腕にはさらに力がこもる。なんだか縋《すが》り付かれているみたいにも思えた。

元気のない彼のことが気になって望まれるままに大人しくしていると、やがて、さっきよりは落ち着いた感じの吐息《といき》が聞こえた。

「これまでにこういったことは何度もありましたが、今年は特に手強《てごわ》いようです」

呆《あき》れと疲労が混ざった力のない声で、彼が微《かす》かな苦笑と共に漏《も》らす。

それもそうだろう。

なんたって、あの留美先輩にグイグイ迫ることができる後輩たちなのだ。和馬さんが手を焼いてしまうのはうなずける。

「近付いてくる後輩たちを当たり障《さわ》りなく流してきましたが、もう、そういったこともできない状況になりつつあるようですね。こんなことなら、初めからきっぱりとはねつけるべきだったかもしれません」

とはいえ、彼女たちに悪意はないのだ。邪険《じゃけん》に扱うわけにもいかない。

私は荷物を持っていない方の手を彼の背中へと回し、労《ねぎら》うようにそっと抱き付いた。

「モテるって大変なんですね」

正直な感想を述べたところ、不貞腐《ふてくさ》れた声が返ってくる。

「まったく嬉しくないです。私としては放っておいてほしいですがね。こちらの気持ちを汲《く》み取ってくださらない人間と向き合うのは、けっこう骨が折れるのです」

「そういうものですか？」

大多数の人間は、異性から好かれることを喜びとしているのに。

贅沢《ぜいたく》な悩みだなぁと思ってクスリと笑うと、さらに強く抱き締められた。

「ええ、そうですよ。私に言い寄ってくる女性の多くは、私の外見ばかり見ているのです。私の人となりを知らずに外側だけで判断されても、不愉快なだけです」

「で、でも、和馬さんは中身も素敵な人ですよ。ああ、だけど、そのことが知れ渡ったら、もっとたくさんの女性に追いかけられちゃいますね」

そうなったら余計に大変だ。今以上に、気苦労が絶えないだろう。

私も、きっと一秒だって心が休まらない。

和馬さんを誇らしく思うけれど、『竹若和馬』の素晴らしさがこれ以上世の女性に広まるのは、可能ならば遠慮《えんりょ》したいと思ってしまう。

「私のことは、ユウカ以外の女性に知っていただかなくてもいいのです。あなただけが知っていればいいのです。恋人である、ユウカだけが」

深く胸に抱き込まれ、さらに切ない声で言われ、思わず胸がキュンとなった。

私は広い背中に回した手にキュウッと力を入れる。

「……私が、和馬さんのことを一番分かってあげられる人でありたいです」


和馬さんの一番傍にいて。

和馬さんに一番の笑顔を届けてあげて。

和馬さんを一番支えてあげて。

和馬さんが一番心を許せる人でありたい。


そんな願いを込めて、強く、強く、彼のことを抱き締めた。

3　新たな不安

翌日の木曜。

「おはようございます！」

いつものように元気いっぱい挨拶《あいさつ》して総務部に入る。

先に出勤していた三人の後輩たちも、笑顔で「おはようございます」と返してくれた。

今日も弟妹たちは可愛いぞ、うむ。

大満足で自分のデスクについて仕事の準備をしていると、留美先輩が出勤してきた。

周囲の人に挨拶《あいさつ》しながら、私のところにやってくる。

「タンポポちゃん、おはよ」

「おはようございます」

先輩を見上げると、なんだか晴れやかな顔をしていた。いいことでもあったのかな？

「どうかした？　私の顔に、なにか付いてる？」

「いえ、あの、今日は元気そうだなって。昨日までと様子が違うみたいで」

「いくらか落ち着いてきたからね。あぁ、よかったぁ」

そう言って、先輩が伸びやかに腕を伸ばす。

「落ち着いてきたって……。ああ、もしかして、後輩たちの質問攻撃のことですか？」

私の問いかけに、留美先輩がニコッと笑った。

「そうなのよ。昨日の午後から、私のところに押しかけるお嬢《じょう》さんたちが減ったの。それに、いつもだったら私の出社を社員通用口で待ちかまえているお嬢《じょう》さんたちがいるんだけど、今朝は珍しく一人もいなかったわ」

「昨日の午後からですか？」

キョトンとして見上げていると、先輩がクスリと笑う。

「ええ、そうよ。竹若君が行動を起こしてくれたから」

「和馬さんが？」

「昼休み、言い寄ってくるお嬢《じょう》さんたちをスパッと切り捨てたでしょ。そのおかげ」

先輩が言うのは、スマートフォンの操作を教えてほしいと願い出た後輩たちを、和馬さんが無表情で拒否したことだろう。

「入社したばかりのお嬢《じょう》さんたちに私が毎年迫られてるのは、竹若君も知っているからね。それを心配して、先週、様子を聞きに来たのよ。その時に、『今年はちょっと手強《てごわ》いわよ』って言ったのよね。愚痴《ぐち》ったつもりじゃなかったんだけど」

普段は和馬さんのことをからかってばかりの留美先輩だが、実は友達思いの人なのだ。

だから、たとえぐったりしていても、和馬さんに被害が及ぶ前に、後輩たちの対処をしていたみたい。

この二人は、なんだかんだいっても仲がいいのだ。

「私の話を聞いて、大事《おおごと》にならないうちに対処しないとって思ったんじゃない？　それで、これ以上自分に近付くなって態度で示したみたい」

ああ、そういう事情があったんだ。普段の和馬さんらしくないなと思ったから。留美先輩のことを気遣ったのなら、納得だ。

「あのお綺麗な顔で冷たく見下ろされたら、大抵の人は怯《ひる》むわよね。これまで何度かそういう顔を見たことがあったけど、あの迫力はホント見事だわ。昨日のことがお嬢《じょう》さんたちの間で広まって、竹若君に近付こうとする人が減ったようね」

確かにそうかもしれない。あの表情は私に向けられたものではなかったけれど、正直怖かったから。

「もうしばらくはお嬢《じょう》さんたちに付き合わないといけないかしらね。ま、集団に囲まれる機会が減るなら、随分《ずいぶん》気が楽だわ」

先輩の晴れやかな顔を見て、私は気になっていることを口にした。

「留美先輩の苦労が減るのは嬉しいですけど、そう簡単な話でしょうか？」

「ん？　どういうこと？」

「笑っている和馬さんも素敵ですけど、怖い顔の和馬さんも素敵だなって、ちょっと思っちゃって」

「あら、やだ。タンポポちゃん、惚気《のろけ》？　朝から、ご馳走《ちそう》さま」

口に手を当ててニマニマ笑っている先輩に、カッと頬が熱くなる。

「留美先輩！　私は今、そういう話をしているんじゃなくってですね！」

立ち上がってアワアワ言い返すと、

「はいはい、分かってるわよ。厳しい顔の竹若君を好きになっちゃうお嬢《じょう》さんたちがいるんじゃないかって、心配なんでしょ？」

と言い、ポンポンと頭を叩かれた。

「……そうです」

あの時の彼はとても鋭利《えいり》な印象で、確かに怖かったけれど、凛《りん》とした強さもあった。

普段は優しく穏やかな和馬さんだから、一転して見せた厳しい表情にかえって目を引かれたのだ。

「この前も言ったけど、無駄《むだ》に顔がいいと余計な苦労が多いのね。笑顔だろうと怒った顔だろうと、おかまいなしに人を惹《ひ》きつけちゃうんだから。いっそのこと、お面でもつけさせたら？　馬鹿みたいな、ひょっとことか。ああ、アニメキャラクターのお面をつけて、周りをドン引きさせる方がいいかしら」

ウキウキと楽しそうに話している先輩の様子がおかしくて、プッと噴き出す。

「社長第一秘書がそんなことをしたらダメだと思います」

「もちろん、冗談よ。……すっごく面白そうだけどね」

たとえ冗談でも、お面をつけた和馬さんを見て面白いと言えるのは留美先輩くらいだ。私だったら、彼にどう向き合ったらいいのか分からない。

先輩はわざとふざけたことを言って、私の気を紛《まぎ》らわせてくれている。

それでも、不安は払拭《ふっしょく》されず……考えを巡らせていると、またポンポンと頭を叩かれた。

「そんなに心配することはないと思うわよ」

明るい声で言う先輩を、不思議に思い見上げる。

「どうしてそんなことが言えるんですか？　どんな表情をしても、和馬さんは女の人に好かれちゃうのに」

「たとえ竹若君が怒っただけじゃ引かなかったお嬢《じょう》さんたちでも、現実を思い知れば諦《あきら》めざるを得ないでしょ」

「現実？」

はて、と首を大きく傾《かし》げる私に、先輩が口元を隠《かく》すことなくニンマリと笑った。

「公開羞恥《しゅうち》プレイのこと。竹若君、相変わらず社内であれこれやらかしているみたいじゃない」

「え？　え？」

「タンポポちゃんを総務部に迎えに来て、手を繋いで帰っていくだけでもインパクトがあるでしょうけど。タンポポちゃんに『あーん』ってケーキを食べさせたり、口元に付いたものを指で取って食べたりとか」

――留美先輩も、私に盗聴器《とうちょうき》と盗撮用カメラを仕掛けているんですか⁉

まるで見ていたかのように話す先輩にブルブル震《ふる》えていると、先輩の顔が優しくなった。

「タンポポちゃんにはベタ甘だけど、それ以外にはこれでもかってほど素《そ》っ気《け》ない態度。そんな姿を目の当たりにしたら、竹若君に取り入ろうっていうお嬢《じょう》さんは、みるみるうちにいなくなるわよ。自分たちが付け入る隙《すき》はないんだって、嫌でも分かるでしょうし」

「で、でも、そううまくいくものでしょうか？」

問いかける私の肩を、留美先輩がガシッと掴《つか》んできた。

「うまくいくまでやればいいじゃない。だから、タンポポちゃん。私に質問攻撃したり、竹若君に言い寄ってくるお嬢《じょう》さんたちがいなくなるまで、みんなの前で徹底的に竹若君から溺愛《できあい》されなさいね」

「は？　え？」

「そうすれば、私が平和に過ごせる日も近いわぁ」

――先輩に平和が訪れる前に、私の心臓が破裂《はれつ》しそうです！

＊　＊　＊

留美先輩が言っていたように、和馬さんが私と他の人に対する態度を明確に変えることで、彼や先輩に近付く後輩たちは日に日に減っていった気がする。

先輩からの「人前で徹底的に溺愛《できあい》されろ」という提案は、丁重《ていちょう》にお断りさせてもらった。そんなハイレベルなこと、私には無理だっての！

それに恋愛経験値の低い私からミラクルヒット的に飛び出した「和馬さんの愛情は、私一人にだけ見せてくれたら嬉しいな♪　恋人としての和馬さんの顔は独り占めしたいの☆」という趣旨《しゅし》のセリフが効いているらしく、彼も社内ではそれほど過剰に接触してこないしね。

まぁ、ポヤッとしている私の隙《すき》をついて、おでこやほっぺにキスをしてきたりするのは相変わらずなんだけど。

それでも、一応は周りに人がいない時に限定してくれている。と、思う。

ただ、キスされた後、離れたところから人が出てくることもあるから、完全に見られていないわけではないような。

いや、気のせいだ。大丈夫、大丈夫。誰にも見られてない。……と思い込むようにしている日々である。

留美先輩が根気強く「恋人がいる男性を追いかけることはよしなさい」と後輩たちを諭《さと》していたり、和馬さんが業務とは関係のない人を徹底的に近付けなかったりといった行動を続けていたおかげで、週が変わる頃には事態はかなり落ち着いた。

……私がなにもしていないように思えるかもしれないけれど、私だって精神的には大変だったんだからね！　羞恥《しゅうち》のあまり倒れないように、頑張ったんだからね！

溺愛《できあい》ミッションは無理だが、和馬さんのお迎えは素直に受け入れているのだ。

手を繋がれることはもちろん、時には腰に手を回されることもあるものの、大人しくされるがままになっている。

そんな私の姿を見た人たちは羨《うらや》ましいと口々《くちぐち》に言ってくるが、それを聞いて「ふふ～ん、いいでしょ」とはならない。

それどころか「こんな私が、素敵な和馬さんの恋人でごめんなさい……」といった心境である。

あれだけ好奇の視線にさらされると、ネガティブな自分が顔を出すんだよ。ホント身の置きどころがないんだからね。

だけど、それを表情に出したら、私のことを大事にしてくれている彼に申し訳ない。

それに少しでも堂々としていないと、また和馬さんや留美先輩に迷惑がかかる。

恥《は》ずかしくて全身から火が出そうでも、できる限りさり気なく彼と並んで歩く。

浮かべる笑みはちょっとぎこちないだろうが、それでも、私は幸せですというオーラを出そうとした。

――このまま何事もなく事態が収まればいいなと思っていたのに、なかなかそうはいかないようで……

三階にある大休憩室《だいきゅうけいしつ》で息抜きをした帰り、いきなり廊下で呼び止められた。

「小向日葵先輩」

そう呼んだのは、見覚えのない一人の後輩だった。

「はい？」

足を止めて振り返ると、彼女は小走りにやってきた。

「今、お時間よろしいですか？」

親しみのある笑みを浮かべている後輩は、私よりほんの少し背が高い。

「どうしたの？　総務部に提出する書類でもある？　戻るところだから、預《あず》かってあげるよ」

接点があるわけでもない他部署の後輩に呼び止められた理由が分からず、僅《わず》かに見上げながら、そう水を向ける。

すると、

「社長秘書の竹若さんとお付き合いしているんですよね？」

と、切り替えされた。

いきなりの質問にビックリして言葉を失っていると、彼女がニコッと笑う。

「社内で竹若さんと小向日葵先輩が一緒にいるところを何度か見ましたけど、そうなんですよね？」

こう直球でこられると、曖昧《あいまい》に流すわけにもいかない。それに、お付き合いしていることは隠《かく》しているわけではないし。

「あ、う、うん。そうだよ」

ちょっと照れながら返事をすると、彼女はまたニコッと笑う。

「いつ見ても仲がよくて羨《うらや》ましいです」

その言葉は、私と和馬さんの付き合いを応援してくれているということだろうか。

彼女の意図《いと》するところがいまいち分からず、私は微妙な表情になる。

そんな私の様子にはかまわず、彼女は話を進めてゆく。

「お休みの日は、いつも一緒ですか？」

「まぁ、そうかな。和馬さんが休日出勤しなければの話だけどね」

「メールや電話のやり取りは、どんな感じですか？　竹若さんから連絡来ます？」

「人と比べたことがないからよく分からないけど、わりとマメな方かも。メールも電話も、和馬さんから来ることが多いし」

「そうですか。社内だけじゃなく、どこでも仲よしなんですね。お二人が本当に羨《うらや》ましいです」

熱っぽくうっすらと頬を染める彼女の様子は、とても無邪気だ。お世辞《せじ》や妬《ねた》みではなく、私と和馬さんのことを好意的に羨《うらや》んでいるのが伝わってきた。

「ありがとう。あなたにも素敵な彼氏ができるといいね」

そんな言葉を返すと、彼女は私の目を見て満面の笑みを浮かべた。

「つまり、私が竹若さんの彼女になったら、小向日葵先輩と同じように接してもらえるということですよね？」

「……え？」

即座に理解できなかった。

――この子が和馬さんの彼女になったら、私と同じように扱ってもらえるって？　彼女になったらって……？

思わず眉を寄せ、目の前の後輩を見る。彼女は私の視線を気にすることなく、ウットリした様子で話し続けた。

「竹若さんは小向日葵先輩にだけ、すっごく優しいじゃないですか。他の女性にはあんなに素《そ》っ気《け》ないのに。自分が彼女になった時、竹若さんにそうしてもらえるって考えただけで、胸がドキドキしちゃいます」

これはライバル宣言なのか？　それにしては、私に意地悪して蹴《け》落《お》とそうという悪意は感じない。ただ、誤解というか、思い込みに囚《とら》われている感じがする。なにを言っても聞く耳を持ってくれなさそう。

返答に迷っていると、後輩がペコリと頭を下げる。

「引き留めてしまって、すみませんでした。それでは、失礼します」

言いたいことを言い終えたのか、彼女は笑顔で立ち去っていった。

「結局、あの子はなにが言いたかったの？」

遠ざかってゆく背中をぼんやりと見つめる。

言われたセリフを思い返してみるが、理解できない。

何度も首を捻《ひね》りながら、私は総務部へと戻ったのだった。


突然現れた掴《つか》みどころのない後輩にどうしたものかと悩んでいるうちに、事態はさらにおかしなことになった。

こういった後輩は、実は一人ではなかったのだ。

私に直接会いに来たのは、この前の後輩を含めて三人いる。

その三人ともが『私が竹若さんの彼女になったら、あんなに優しくしてもらえるんですね』と、楽しげに言ってくるのだ。

だからといって、和馬さんと別れてくれとは口にしない。とにかく羨《うらや》ましがるばかり。

どうしたらいいのだろうか。

4　私が四人？

モヤモヤを抱えたまま迎えた、四月下旬の木曜日。

今日はあいにくの雨模様で、先輩と一緒にお昼ご飯を総務部で食べている。

「やれやれ。あとちょっとの辛抱《しんぼう》かしらねぇ」

「そうですね」

相槌《あいづち》を打つ私の顔も、先輩と同じくちょっぴり冴《さ》えない。

こんな風に私たちの顔つきが明るくなれないのには、理由がある。

和馬さんに近付こうとする後輩たちの数はかなり減ったけれど、状況としてはむしろ厄介《やっかい》な方向に進んでしまっているからだ。

それというのも……

その変化に気が付いたのは、留美先輩が最初だった。

「あら？」

その週の月曜日のこと。

出勤直後に経理部へ出かけていた先輩が、戻ってくるなり私を見て少し驚いた顔をした。

「どうかしました？」

「ねぇ、タンポポちゃん。今日は朝からその服装だった？」

「は？」

なぜ、そんなことを尋ねてくるのだろう。ポカンと口を開けていると、先輩がまたいぶかしげに訊《き》いてくる。

「会社に来て、着替えたりしていない……わよね？」

歯切れの悪い物言いだ。いったい、どうしたのだろう。

「はい、そうですけど」

私の服装は明るい水色のニットと、ベージュの膝丈《ひざたけ》フレアスカートである。この格好で家から会社に来て、今もそのままだ。

「私の服装が、どうかしましたか？」

「あ、ううん。たぶん、私の見間違いね。気にしないで」

「は、はぁ」

その時は先輩も私も急ぎの仕事を抱えていたので、それ以上の話はなかった。

翌日の火曜日も、先輩は他の部署に出かけた帰りにツカツカと私に歩み寄り、頭のてっぺんから靴の先まで私をじっくり眺《なが》めていた。

その視線の意味するところが分からず、パソコンのキーボードを叩く手を止めて首を捻《ひね》る。

「留美先輩？」

「タンポポちゃん。十分くらい前に営業部へ行った？」

「いえ、ずっと自分のデスクで仕事をしていました」

「そう……」

ポツリと一言漏《も》らした先輩が、黙り込んだ。

「あの、なにかあったんですか？　昨日から様子がおかしいですよ」

今まで一年間、先輩と一緒に仕事をしてきて、こんなに服装や行動を気にされたことはない。

先輩の言葉を待っていると、外出から帰ってきた同僚が私を見て目を瞠《みは》った。

「タンポポちゃん、いつの間に!?」

私が、いつの間に、どうしたのだろう。

パチパチ瞬《まばた》きをして同期入社の男性社員を見ていると、

「さっき、正面ロビーから出ていくタンポポちゃんのうしろ姿を見たと思ったんだけど。いつの間に戻ったの？　僕を追い抜いたのが、全然分からなかった」

と言われた。

「え？　正面ロビー？」

話が理解できない。

「私、ずっとこの席で仕事してたよ。どこにも出掛けてないし」

答えた私に、彼はさらに目を大きくして驚く。

「でも、あのうしろ姿はタンポポちゃんだったような……」

ブツブツとつぶやく同僚と、それをじっと見ている留美先輩。

二人とも、なんの話をしているのだろうか。


そんなやり取りがあった翌日は、もっとおかしな事態になっていた。

朝から総務部の人たちに、やたら不思議そうな顔で見られるのだ。

——え？　なに、なに？　髪型が変？　スカートの裾《すそ》がめくれてる？　あ、それとも、ストッキングが伝線しているとか？

みんなにチラチラと見られて、慌てて自分の服装を確認するが、おかしなところは見当たらない。

首を捻《ひね》りつつも、他の部署に出かける用事があったので席を立った。

そして、廊下を歩いていても社員さんたちに見られていることに気が付く。みんながみんな、驚いたような、不思議そうな顔をしている。

——なんなの？　なんで、私を見ているの？

居心地の悪さを感じながら用事を済ませ、総務部に戻る。

午前中は落ち着かない気分ながらも、どうにか仕事を進めていった。

そしてお昼休みに入った直後、先輩に「話があるから、一緒にご飯を食べましょ」と誘われた。

二人で会社近くの公園に出かけ、私がいつも座るベンチに並んで腰を下ろす。

そしてお弁当を食べようとした時、先輩が口を開いた。

「社内にタンポポちゃんが四人いるの」

「……はい？」

箸《はし》を持ったまま固まり、それからククククッとぎこちない動きで横にいる先輩を見た。

「私が四人いるって、どういうことですか？　エイプリルフールはとっくに終わっていますけど」

唖然《あぜん》とした顔で先輩の言葉を待っていると、先輩は困った顔をする。

「タンポポちゃん本人は一人なんだけど、あなたによく似た人が三人いるのよ」

ますます意味が分からない。

世の中には自分に似ている人が三人いるって言うけれど、それがたまたまこの会社に集結したとか？

生きているうちに、三人のうちの一人と遭遇《そうぐう》するだけでも奇跡的な確率らしい。ならば、そんな偶然ってあるものだろうか。

「どういうことでしょうか？」

箸《はし》を下ろし、私は話を聞く体勢になる。

留美先輩はペットボトルのお茶を一口飲むと、ふぅと短く息を吐いた。

「お嬢《じょう》さんたちの中に、竹若君のことを諦《あきら》めていない人がいるのは知ってるわよね？」

問われてコクンとうなずく。和馬さんに言い寄る人は減ったけれど、まったくいなくなったわけではなかった。

「その人たちが、なにか？」

「それがね、どうもおかしな方向に進んでいる人がいるのよ」

先輩は難しい表情をしている。『おかしな』って、どういうことだろう。

和馬さんの元彼女である津島さんのように、私たちの仲を引き裂《さ》こうとしているというなら、『面倒』や『危ない』といった表現になりそうだ。

だから『おかしな』と言われると状況が見えなくて、かえって不安になる。

「どういう意味ですか？」

先を促《うなが》すと、先輩はまたお茶を一口飲んでから話を再開する。

「私がタンポポちゃんに服装を変えたのかとか営業部に行ったかとか、訊《き》いたことがあったでしょ？」

「はい、ありましたね」

「それって、あなたによく似た人を見かけたからなの。着ている服の色合いとかデザインが、タンポポちゃんの持っている服によく似ていてね。髪型も髪の色も、あなたとそっくりだった。遠目に見た時は、タンポポちゃんかと思ってしまったわ」

「まさか」

私は目を丸くする。

ただ、先輩の顔つきはとても嘘や冗談を言っているようではない。

続きを待っていると、留美先輩は持っているペットボトルを弄《いじ》りつつ、話し出す。

「その一人だけなら偶然かなと思って、気にならなかったんだけど。実は、タンポポちゃんに似せようとしている人が他にもいるのよ」

「似せようとしているって、どういうことですかね？　たまたま、服や髪形の好みが似ているということではないんですか？」

私のファッションは、人がこぞって真似《まね》するようなものではないはず。けれど動きやすくて、職場でも浮かないことを重視した髪型と服装は、割とありふれている。

だから、偶然似通った人が社内にいても不自然ではない。

私の言葉に、留美先輩は緩く首を横に振った。

「それだったら、入社直後に噂になりそうなものでしょ。タンポポちゃんによく似た後輩が入ってきたわよって。そんな話、聞いたことあった？」

「……いいえ。留美先輩に言われて、自分に似ている人がいるってことを、初めて知りました」

「つまり、彼女たちはあえて似せようとしているんだと思うの。しかも、最近になって急に。本当におかしいわ」

先輩は前方の地面を見つめ、考え込む。

「その三人を見て、妙な感じがしたのよ。あなたに似せようというよりも、あなたそのものになろうとしているっていうか。そのぐらい似ているの。近くで見るとさすがに別人だなって分かるけれど、一瞬見間違えるわ」

私と仲よしの留美先輩が言うくらいだ。それは、かなりのものらしい。

けれど、ここで、単純な疑問が……

「でも、なんのために私の真似《まね》をしているんですかね？」

「それが分からないから、妙なのよ。ねぇ、タンポポちゃん。心当たりがある？」

――私に似ている三人って、『あの三人』なのかなぁ？

私と和馬さんのことをしきりに羨《うらや》ましいと言っていた後輩たちを思い浮かべる。

思い返してみると、私と似た雰囲気があったかもしれない。背格好《せかっこう》も大きくは違わなかった。

「心当たりというほど、はっきりしたものではないのですが……」

私は三人の後輩のことを先輩に話した。

話が終わると、留美先輩はまた考え込む。

「その彼女たちから危害《きがい》を加えられそうになったことは？」

「ありません。三人とも、一度私に話しかけてきただけで、それ以降、会っていないんです」

「私の予想では、タンポポちゃんに話しかけた三人と、あなたに似ている三人は同じ人物だと思うわ。……これはあくまで私の勝手な考えよ。彼女たちに話を聞かないと本心は分からないけれど——」

という前置きの後、

「タンポポちゃんに似せることで、竹若君に自分を選んでもらおうって思っているんじゃないかしら」

と、渋い顔付きで留美先輩は言ったのだった。


後輩たちについて整理のつかない気持ちを抱えたまま、時間だけが過ぎてゆく。

それからも三人の後輩は私の前に現れなかったけれど、注意して社内を窺《うかが》っていると、時折、その姿を目にすることができた。

確かに、三人とも私が好む色合いやデザインの服を身にまとっている。

それは日を追うごとにエスカレートしていき、髪型や服だけではなく、バッグやアクセサリーといった小物まで、どこで調べたのか私と同じものを手にしていた。

なんのために？　と考えると、先日の留美先輩の言葉が浮かぶ。

——和馬さんに選んでもらうため？

考えてはいけないと思うほど、不安が胸をよぎる。

――もしかしたら、あの三人のうちの誰かと……

小柄な外見も、少し子供っぽい服装も、和馬さんは可愛いと言って微笑《ほほえ》んでくれる。

そんな彼の目には、私とよく似た後輩たちはどう映るのだろうか。


とはいえ、不安と猜疑心《さいぎしん》に襲《おそ》われていても、仕事は待ってくれない。

個人的な悩みごとは後回しだと、私は自分のほっぺをペチンと叩き、気合いを入れた。

きりのいいところまで仕事が片付き時計を見ると、午後四時を回っていた。

「一息入れようかな」

固まった肩と背中を軽いストレッチで解《ほぐ》し、財布を手に席を立つ。

社員通用口脇の自販機で大好きなカフェオレを買うと、すぐ横にある休憩《きゅうけい》スペースの丸椅子《まるいす》に腰を下ろした。

温かいカフェオレを飲み終えて気持ちが和《なご》み、大きく息を吐く。

「さて、もう一頑張りしますかねぇ」

空《から》になった紙コップをダストボックスに入れたところで、人の気配を感じた。

そちらを見て、体が固まる。

一瞬、そこに鏡があるのかと思った。それほど、目の前の人物は私に似ていた。

私たちの付き合いを羨《うらや》ましいと言った三人の中で、一番初めに話しかけてきた後輩だ。

「お疲れ様です、小向日葵先輩」

「お、お疲れ、さ、ま」

「先輩も休憩《きゅうけい》ですか？」

「あ、うん……」

屈託《くったく》のない笑顔を向けられ、逆に戸惑う。

私のぎこちない物言いなど気にならない様子で、

「私もそうなんです。喉《のど》が渇《かわ》いたから、なにか飲もうと思って」

そう言って、ドリンク自販機の前に立った。お金を入れ、迷いのない手つきでボタンを押す。

さっき、私が飲んでいたのと同じカフェオレのボタンだ。

僅《わず》かに息を呑《の》む。が、フルリと頭を振って、余計な考えを追い出した。

後輩がそれを選んだのは、たまたまだ。私と同じカフェオレを選んだからと言って、深い意味などないだろう。

そう思いたいのに、目の前の彼女の格好がなかなかそうさせてくれない。

手にしたカフェオレを一口飲み、笑みを浮かべる後輩。

「うん、美味しい」

私は、その様子を呆然《ぼうぜん》と見つめながら、ただそこに立ち尽くす。

もう一口カフェオレを含んだ後輩は、横にいる私にまた笑顔を向けた。

「竹若さんと先輩、相変わらず仲がいいですよね」

「え？」

「恥《は》ずかしがる先輩のためなのかは分かりませんけれど、以前ほど社内でいちゃつかなくなったじゃないですか。それでも、コッソリ仲よくしているのは時々目に入ってきちゃうんですよ」

やっぱり、目の前の彼女はニコニコと話すばかり。初めて会った時と変わっていない。

「みんなの前で堂々と仲よくしているのもいいですけど、密《ひそ》かにっていうのも、また素敵です。小向日葵先輩って、竹若さんに相当大事にされていますよねぇ」

「そ、そうかも、ね。和馬さんは優しい人だから……。でも、やっぱり社内では控えるべきだよね。ごめん、先輩として、しっかりしていなくて」

つかえながらも言葉を発すると、カフェオレを飲み終えた後輩は首を傾《かし》げた。

「そんなことをする必要はありませんよ」

飾り気のない手が紙コップを捨てる。

女子社員の多くはなんらかのネイルアートを施《ほどこ》しているのに、私と同じく、後輩の爪には見られない。

ダストボックスに落ちた紙コップが、カコンと乾いた音を立てる。

その音にハッとして、マジマジと後輩の顔を見た。

私と変わらないフワフワとした茶色の髪が軽く揺れる。

「小向日葵先輩は、いつも通りでいいです。お二人の仲がいいところを見て、『いずれ私もあんな風に竹若さんに愛してもらえるんだ』という励《はげ》みになりますから」

「……え？」

「そうだ、先輩。どうですか？」

サラリと髪の先を指で払い、後輩が一歩私に近付いた。

「ど、どうって？」

「私と先輩。似ていると思いませんか？　我ながら、いいでき栄《ば》えだと思っているんですけど」

「それは……」

――今まで半信半疑だったけれど、留美先輩の予想的中だ。

そう思いながら、改めて後輩を見る。

さすがに顔の造りの細部までそっくりとはいかないものの、メイクの技術があるのか、私が見ても似ていると思った。

彼女は本来目尻が上がっているようだが、それをメイクの力で私に似せた垂れ気味の目にしている。

そのでき栄《ば》えは、血の繋がった妹と言ってもいいくらいだった。

「どうして、私に似せるの？」

このところ、胸の中で渦巻いていた疑問を言葉にする。

それを聞いた後輩は一瞬意外そうに目を瞠《みは》り、そしてニコッと笑った。

「その方が、竹若さんに選んでもらえるかなって」

――和馬さんに、選んでもらう？

ギクリと固まる私に、後輩は得意げに語りだす。

「だって、これまでにどんなに美人や可愛い女性が迫ってもダメだったって言うじゃないですか。だから、現在の彼女である小向日葵先輩に似せたら、お付き合いできる可能性がありそうだなって。……そう考えたのが、私一人じゃなかったことは誤算でしたが」

唇を尖《とが》らせてむくれる。……これは、私の癖でもある。

そんなところまで真似《まね》るのかと、少し怖くなった。

なにも言えずにいると、後輩はうって変わって明るく話し始める。

「今、カメラについて勉強中なんです。先輩のように、一眼レフを使いこなせるようになってみせますよ」

胸の前で拳《こぶし》を小さく握るのも、私の癖だ。

後輩は、私の唯一の取り柄《え》と言ってもいいカメラさえも真似《まね》ようとしている。ううん、彼女は真似《まね》ようとしているんじゃなくて、私になろうとしているのだろう。

「ねえ、先輩」

後輩が少しだけ前屈《まえかが》みになって、私の顔をじっと見つめた。

「な、なに？」

ビクビクしながら見返すと、後輩は一段と明るく笑う。

「これだけ先輩に似ているんですから、竹若さんの恋人は私でもいいんじゃないですかねぇ。そう思いませんか？」

その笑顔には、彼女の本来の顔が窺《うかが》えた。メイクで隠《かく》されている上がった目尻に、気の強さが滲《にじ》んでいる。

「そ、それは……」

無邪気さを装《よそお》ったしたたかな態度に、私は言葉を失う。

心が、大きく揺らぐ。

和馬さんが、私とよく似た彼女を選ばないと言い切れるだろうか？

言い返せない私に、彼女は、

「お先に失礼します」

と言って、軽やかに去っていった。

私が身に着けているものと同じデザイン、同じ色のスカートを翻《ひるがえ》して。

5　「本当の自分」から始まる恋

あの後輩三人が私に似せようとしている理由は分かった。

だけど分かったところで、どうしようもない。

私と同じ格好をするのはやめてほしいけど、彼女たちにも好きな格好をする権利があるのだから。

和馬さんと関わりたくて私の真似《まね》をするのは嫌だと思っても、実害はないわけだし、強く言うのは気が咎《とが》める。

それに、選ぶのは和馬さんだから。

私が彼女たちになにを言っても、彼女たちがなにをしても、最終的に自分の恋人を誰にするのかは、彼が決めるのだ。

和馬さんの私への想いは本物で、注《そそ》いでくれた愛情も本物。

それは、よく分かっている。

分かっているけれど、私以上に大切にしたいと思う女性がこれから現れないという保証はない。

彼の気持ちが私から離れてしまったら、その時、私には「離れていかないで」と言う権利などあるの？

グラグラと揺れる心が、少しずつ積み上げてきた自信を揺るがす。

「ユウカ、どうしました？」

我に返ると、すぐ横に立つ和馬さんがとても心配そうに私の顔を覗《のぞ》き込んでいた。

「あ、和馬さん？　どうしてここに」

「もう、定時を過ぎていますよ」

「え？」

腕時計に目を落とすと、確かに彼の言う通りだ。

「ご、ごめんなさい、気が付かなくって」

立ち上がって慌てて帰り支度《じたく》を始めると、彼の大きな手が私のおでこに伸びてくる。

「な、なんですか？」

「ずいぶんとボンヤリしていたので、体調を崩したのかと思ったのですが、熱はないようですね」

安堵《あんど》の息を吐く和馬さん。彼はいつでも優しい。その彼に心配をかけた自分が情けない。

「大丈夫ですよ。ちょっと考え事をしていただけで、私は元気ですって」

ニコッと笑って、帰り支度《じたく》を再開。

「お待たせしました、行きましょう」

と言ったところで、背中と膝裏《ひざうら》に彼の手が当たり、アッと思った時には横抱きにされていた。

「ふわぁっ、な、な、なに!?」

突然視界が高くなったことに驚いて声を上げてしまう。

「ちょっと、下ろしてください！　いくらなんでも、お姫様抱っこはダメですって！」

「なぜ、駄目なのですか？　ユウカは私にとって、大事で愛しいお姫様ですよ」

和馬さんは、形のいい目を涼やかに細める。

フロアにいた女性たちはそのセリフを耳にし、興奮した顔で口元を手の平で覆《おお》う。黄色い歓声《かんせい》が聞こえる。

居《い》たたまれない。あまりにも居《い》たたまれない。

「そう言ってくださるお気持ちは嬉しいですが、それでも、ダメなものはダメです！」

職場でのお姫様抱っこは、喜びをはるかに超越して罰ゲームに匹敵《ひってき》する羞恥《しゅうち》プレイだ。

「お願いです！　下ろしてーーー！」

ジタバタもがいていると、和馬さんが苦笑して静かに下ろしてくれた。

「それだけ元気があるようでしたら、大丈夫ですね」

床に足が付くと、彼が私の髪を優しく撫《な》で付ける。

もしかして、私が本当に元気なのか確かめるために、わざとお姫様抱っこをしたのだろうか？

確かめるのなら、もっと別の方法にしてほしかった。

「……帰りましょう」

この場から早く消え去りたくて、私は和馬さんの左手首を掴《つか》んで扉に向かった。

するると、彼の右手が私の右手をやんわりと解き、改めて左手と繋ぎ直す。指同士を絡める恋人繋ぎに。

抱き上げられた拍子《ひょうし》に熱くなった顔が、さらに熱くなった。

ここでまた騒《さわ》げば、恋人繋ぎ以上に恥《は》ずかしいことをされるのは、これまでの経験で分かっている。

火を噴く勢いで耳まで熱くなっている私は、俯《うつむ》くことしかできない。

そんな私にクスリと笑うと、和馬さんはゆっくりと歩き出した。


そうして機嫌よく、彼は地下駐車場に向かう。

私は市場に売られてゆく子牛のように、手を引かれるまま大人しく足を進める。

「今夜、私の部屋に泊まってくださいね。明日は私も休みですから、二人でのんびりしましょう」

金曜の夜ということで、外泊を勧められた。

「近所に、パン屋がオープンしたんです。朝食に焼き立てパンなどいかがでしょうか」

「……はい。大賛成《だいさんせい》です」

いまだに顔の火照《ほて》りが引かないので、私は俯《うつむ》いたまま返事をする。

それでも不機嫌になることのない彼は、嬉しそうに指を絡《から》め直した。

スラリとした長い指が私の手の甲を優しく撫《な》でる。

その仕草にいつまでも怒っていられなくなり、私も指にちょっと力を入れて、彼の指をキュッと握った。


その時、人影が私たちの前に現れた。

「竹若さん、私の手も握ってくれませんか？」

聞き覚えのある声に思わず顔を上げると、カメラについて勉強中だと言った後輩が笑顔で立っていた。

夕方、自販機のところで会った時はオレンジブラウンの口紅をつけていたけれど、今はピンクベージュの唇をしている。……私とまったく同じだ。

自分のコピーを見ているようで、ひどく寒気がする。私は無意識のうちに和馬さんの手を強く握り締める。

私たちが黙っていると後輩は小走りで駆《か》け寄り、私と同じような小さな手の平を和馬さんに差し出した。

「小向日葵先輩と大きさは変わらないと思います。握って確かめてみませんか？」

と、申し出る。なんて大胆《だいたん》なのだろう。

ビックリして後輩を見つめていると、頭上から重いため息が降ってきた。

和馬さんがまた、あの日のように無表情になっている。

「確かめる必要などありません。私が手を繋ぐ女性は、ユウカ一人だけです」

そう言い捨てる和馬さんに、後輩は悔《くや》しそうに息を呑《の》んだ。それでも、すぐに笑みを浮かべる。

「でも、こんなに似ているんですから、違和感ないと思いますよ。一度試してみてください」

和馬さんの目の前に立ち、縋《すが》るように両手を差し出す。後輩の指先が私と和馬さんを繋ぐ手に触れようとした瞬間――

和馬さんは素早く一歩下がった。

足の長い彼の一歩は私にはかなり大きく、うしろに引かれてバランスを崩す。その私を広い胸で受け止め、バッグを手にしている右手を回すようにして私を包み込んだ。

和馬さんのまとう空気が、さらに冷たさを増す。後輩を見据《みす》える視線は、まるで砥《と》いだばかりの日本刀のように鋭《するど》かった。

辺りの空気がピンと張りつめる。

……静寂《せいじゃく》を破ったのは、怒りを滲《にじ》ませた彼の声だった。

「いい加減、茶番はよしなさい。いくらユウカに似せたところで無意味です。他の二人にも伝えておくように」

単調な口ぶりは、声の低さも相まって威圧感がある。聞いているだけで身が竦《すく》む。

だけど、後輩は怯《ひる》むどころかパッと前に足を踏み出した。

「どうしてですか！　どうして私を選んでくれないんですか！　私、こんなにも小向日葵先輩に似ているじゃないですか！　周りの人が見間違えるくらい似ている私を、どうして選んでくれないんですか！」

小さな手で、今にも和馬さんに掴《つか》みかからんばかりの勢いだ。

そんな彼女を、彼は瞳にいっそうの力を込めて威圧する。

「あなたはユウカではありませんから、選ぶはずなどないです」

「でしたら、もっと似せる努力をします！」

今にも泣きだしそうな後輩が叫ぶが、和馬さんの冷たい態度が変わることはない。

「そういうことではないのですよ」

和馬さんは彼女を見据《みす》えたまま、私を抱く腕に力を込めた。

その様子に彼女は悔《くや》しそうに唇を噛《か》み締め、彼の腕の中にいる私を無言で睨《にら》みつける。

まるで私が彼女からこの居心地のいい場所を奪ったかのように、きつい視線だった。これまで私に向けていたあの笑顔は、どこにもない。

その視線から庇《かば》うように、和馬さんは深く私を抱き込む。

「あなたがいくらユウカに似せようとしたところで、私の愛する『小向日葵ユウカ』という女性にはなれません」

「そ、それは、やってみなければ分からないじゃないですか」

後輩は涙で揺れる瞳を和馬さんに向けて必死で訴える。

「もしかしたら、小向日葵先輩になれるかもしれないじゃないですか。私、頑張りますから……」

それを聞いて、和馬さんは長い長いため息を吐いた。

「ユウカが歩んできた人生をそっくりそのまま真似《まね》ることなどできないのですから、ユウカとあなたは明らかに別人なのです。これは努力でどうなるというものではないのですよ」

顔は彼女に向けたまま、繋いだ手を強く握り込む彼に、私は少しずつ体の強張《こわば》りを解く。

私は後輩を刺激しないよう、見えない角度で和馬さんの胸に体を預《あず》けた。すると、彼の空気が極々僅《ごくごくわず》かに緩む。

「これまでユウカが歩んできた中で経験したことや出会った人によって、小向日葵ユウカが形成されています。意識して作られた人間ではなく、自然に生きてきた中で積み上げられたものが今のユウカを作り上げているのです。あなたはユウカが歩んできた二十一年間の人生を、一歩も間違わずに辿《たど》れるというのですか？」

見た目や癖を真似《まね》るといった、そんな単純なものではないのだという言葉に、後輩はまた悔《くや》しそうに唇を噛《か》み締めた。

私と和馬さんを見つめたまま、なにも言わない。返す言葉が浮かばないのだろう。

「私が愛するユウカは、この世に一人きりです。私にとって特別な存在は、今、腕の中にいる彼女一人きりなのです。代わりになる人はいません。私はユウカがユウカだからこそ、愛しいと思うのですよ」

真摯《しんし》な声で告《つ》げる彼を見て後輩は最後にもう一度悔《くや》しそうに唇を噛《か》むと、私たちにクルリと背を向けて立ち去ろうとする。

「待って！　お願い。ちょっとでいいから、私の話を聞いて」

私が声をかけると、彼女は足を止めてくれた。

「なんですか？　敗者の私に、用などないでしょ？」

しかし足を止めてくれたものの、こっちを向いてはくれない。それでも私は、彼女の背中に話しかける。

「違う。勝ちとか負けとか、そういうことじゃないよ。ただ……、このままだったら、あなたが悲しいから」

「悲しい、ですか？　かわいそうではなく？」

後輩は怪訝《けげん》な顔で振り向いた。

「なにがおっしゃりたいのか分かりませんが、結局のところ、先輩は自分が優位に立っているから、私にお説教がしたいんでしょう？」

やれやれといった風に首を振り、これ見よがしに大きくため息を吐く。乱れた前髪を掻《か》き上げた彼女の表情は、私とは少しも似ていない。

これまであんなにそっくりに見えていたのに、彼女が似せようとしなくなっただけで、これほど変わるとは。

つまり、本来の彼女は私とは全然違うのだろう。

さっぱりとした性格で、言いたいことをハッキリと口にして。人からほんのちょっと強く言われたくらいじゃ、簡単に引き下がらないのだと思う。

彼女は表情からも、態度からも、苛立《いらだ》ちがハッキリと伝わってくる様子で言う。

「失恋したばかりの私に、先輩風を吹かせて偉そうに説教するなんて。しかも、私が想いを寄せている竹若さんの前でなんて、あまりにもひどくないですか？　そんなに自分がモテることを自慢したいんですか？　小向日葵先輩っていつもニコニコ優しそうな顔をしていますけど、見かけによらず性格が悪いんですね」

吐き捨てるように言葉を叩きつけられ、私はグッと息を呑《の》んだ。

自分の思いをストレートにぶつけてくる相手は、すごく苦手だ。怖いとさえ思う。

それでもこのまま引き下がれない。これだけは、やらなくちゃいけないと思うから。

けれど、引き止めたものの、頭の中がきちんと整理できない。どうやって話をしようかと悩んでいたら、和馬さんが不機嫌さを隠《かく》さずに口を開いた。

「あなたこそ、随分《ずいぶん》ひどいことをおっしゃっているようですが……」

彼がさらに話を続けようとしたけれど、繋いでいる手に力を入れることで制止した。

和馬さんなら、もっと穏便《おんびん》に事を済ませられたかもしれない。彼女を必要以上に怒らせたりしなかったかもしれない。

だけど、私だっていつまでも守られるだけじゃいけないんだ。せめて、私が思っていることを、自分の口でこの後輩に伝えなくちゃ。

「ユウカ？」

心配そうに私を見てくる彼に小さくうなずき返してから、ゆっくりと話し出す。

「あのさ、それでいいの？」

「は？　いいって、なにがですか？」

愛想《あいそ》のよかった後輩は今や、露骨《ろこつ》に顔を顰《しか》めている。話す気力が萎《しぼ》んでいくけれど、私は自分に活《かつ》を入れながら話を続けた。

「私の真似《まね》をしたあなたを好きになってもらって、それでいいの？」

それを聞いた彼女は、呆《あき》れたように私を見てきた。

「かまいません。好きになってもらえれば、お付き合いできれば、私はかまいませんよ。それのどこが悪いんです？」

馬鹿にした感じで言ってのける後輩に、私は言葉を探しながら言い返す。

「本当にそう思ってる？　『あなた』を見ていない人とのお付き合いでいいの？」

「それは……」

その言葉に、これまで私を睨《にら》んでいた後輩の瞳が微《かす》かに揺れた。だけど、すぐさま、きつい光を帯《お》びた視線をぶつけてくる。

「付き合うことになれば、その二人は恋人同士じゃないですか。違うと言うなら、先輩にとっての恋人の定義ってものを教えてくれませんかねぇ」

腕を組み、首を軽く左に倒してこちらを見てくる後輩。完全に馬鹿にされているのが分かった。

私は短く息を吸い込み、彼女の瞳をまっすぐに見つめながら、とにかく言葉を紡《つむ》ぐ。

「そんな、ご大層《たいそう》なことは言えないよ」

そう答えると、彼女は『ほら見たことか』と、薄笑いを浮かべた。

「でしたら、これ以上ここにいても無駄《むだ》ですよね？　では、失礼します」

彼女は組んだ腕を解いて、体の向きを変える。私は咄嗟《とっさ》に走り出した。

「ダメ！」

彼女の右腕を両手で掴《つか》み、強引に引き止める。

「あなたは恋人になにを求めるの!?　傍にいてくれれば、それでいいの!?　あなた自身を見てくれなくても、本当にいいって言える!?」

ハッとしたように私を見る彼女に、さらに言葉を投げかける。

「なんのために人を好きになるの!?　好きっていう気持ちが相手にちゃんと伝わらなくても、あなたの心は平気？　このままだったら、本当のあなたを好きな人と巡り合えないよ！」

感情が高ぶり、思わず声が辺りに反響するほどの勢いで叫んだ。目の奥が熱くなって、視界が歪《ゆが》む。

彼女より先に社会に出た先輩としては、かっこ悪くて情けない姿だ。だけど、この手を離せないし、ここで終わりにするわけにもいかない。

せめて泣き出さないように必死に我慢していると、彼女の瞳が大きく揺れた。

立ち尽くしている彼女に、私は一つ息を吸い込んで尋ねた。

「あなたの名前は？」

「……篠田《しのだ》、亜紀《あき》です」

反抗的な様子をいくぶん収めた彼女は、自分の名前を小さく零《こぼ》す。

私はもう一度息を吸い込み、ゆっくりと話しかけた。

「ねぇ、篠田さん。上辺だけを求められるってことは、あなたの心を必要としないってことと同じじゃないかな。篠田亜紀という人間を必要とされないのは、考えている以上に苦しくてつらくて悲しいはずだよ。だって、相手にとって都合のいい人形ってことだもん」

それではなんのために恋をしているのか分からない。自分を見てくれない人と一緒に時を過ごして、そこにいい結果が生まれるとは考えられない。

「それでもいいって思えるのは一時《いっとき》だよ。そんなお付き合い、絶対に無理があるもん。幸せになれないよ」

恋愛は楽しいことばかりじゃなくて、不安になることもあるし、泣きたくなることもある。それでも、好きになった人が自分を好きになってくれるという幸福感は、何物にも代えがたいものだ。

それを彼女にも味わってほしくて、一生懸命に言葉を探す。

恋に不器用な篠田さんを放っておけなかったから。

「もし和馬さんが私に似ているという理由であなたを選んでお付き合いが始まったとしても、和馬さんは結局あなたじゃなくて、私を見ていることになるんだと思う。お付き合いが続いている間、ずっと、ずっと」

彼女は伏《ふ》せていた視線を上げ、離れたところに立つ和馬さんを見た。彼の表情に、その視線に、『小向日葵ユウカに似た後輩』としか映っていないのを感じ取ったのか、泣きそうな顔をする。

そんな彼女を見つめ、私は優しく微笑《ほほえ》んだ。

「見た目を好きになるのは、恋をするきっかけの一つかもしれないけどさ。好きでいるには、好きでいてもらうためには、やっぱり見た目だけじゃダメだと思うよ」

ここで私は和馬さんを見つめた。彼も私を見つめてくる。心配そうな表情をしているものの、口を挟むつもりはないようだ。

私を見て少し笑って、小さくうなずく和馬さん。彼の笑顔から、私を応援してくれているのが分かる。

私は改めて後輩に視線を向けた。

「さっき、和馬さんが言ったよね。歩んできた道でその人が作られるって。恋愛をするなら、その結果で作られた自分を好きになってもらわなくちゃ、『本当の自分』を好きになってもらわなくちゃ。そうじゃなかったら、悲しすぎるよ」

私の話を聞いて、彼女はなにか言いたげに口を開きかけたけれど、また唇を噛《か》んだ。悔《くや》しそうという感じではなくて、泣くのを我慢しているように見える。

「上手く話せなくてごめん。伝わりにくかったよね？」

私が苦笑いを浮かべると、彼女は泣きそうな顔のまま、首を微《かす》かに横に振った。そこにはもう、反抗的な様子はまったくなかった。

私は妹を見守る姉のような心境で微笑《ほほえ》む。

「私に似たあなたじゃなくて、篠田亜紀という女性を好きになってくれる人がきっと現れるよ。だから、もう、自分を偽《いつわ》るようなことはしない方がいいと思うんだ」

静かにそう告《つ》げると、彼女はジッと足元を見つめたまま動かない。

沈黙が流れ、そして、彼女の目からポロリと涙が一つ零《こぼ》れた。

それからしばらく経って、私と和馬さんに頭を下げ、立ち去ったのだった。


「やれやれ、これでやっと収まるでしょう」

去っていく背中を見送っていた和馬さんは、いつものように穏やかな声で告《つ》げた。

私はようやく全身の強張《こわば》りを解き、大きく息を吐いた。

「まさか、こんな展開になるなんて思いもしませんでした。『私』になれば、和馬さんに愛されるなんて、どういう発想なんでしょうねぇ」

首を傾《かし》げる私に、和馬さんはおかしそうに笑った。

「みなさん、勘違いしているようで困ります」

「勘違いですか？」

「そうですよ。私の恋人になれば、ユウカのように愛されると考えていることがそもそも間違いなのですよ。私は相手がユウカだから、このような恋愛をしているだけなのです」

「ん～。その違いが、よく分からないんですけど」

なぞなぞのような物言いに大きく首を傾《かし》げると、和馬さんは声を出さずに笑う。

「中村君から聞いたでしょう？　大学時代、私がどのような付き合いをしていたかを。あなたに対するものとは違うと言っていませんでしたか？」

「あ、はい……」

コクリとうなずきながら、過去に聞いた話を思い返す。

『竹若君は、取り立てて感情を表に出すことはなかったわ。特に恋愛に関して』

『タンポポちゃんに見せているような執着心《しゅうちゃくしん》とか独占欲は、これっぽっちもなかった気がするの』

『竹若君とその彼女は恋人同士なのに、友人の私から見てもあまり甘い雰囲気が感じられなかった』

私は自分に甘くて優しい和馬さんしか知らないから、にわかには信じがたかった。

でも、それは実際に和馬さんと付き合っていた津島さんが言っていたから、やはり本当なのだ。

和馬さんは素っ気《そけ》なくて、付き合っているのに寂しい思いをしたと、津島さんは言っていた。

私と和馬さんを引き離すために私に嘘を吹き込んだ彼女だったが、彼の様子を語ったその言葉に嘘は感じられなかった。

「留美先輩の話を聞いた時、信じられなかったんですよ。だって和馬さんは、私と初めて会った時から、すっごく優しい人だったから」

クスクス笑う私を、和馬さんが抱き締めてくる。

「それは当然ですよ。あなたが社内報担当者として社長室を訪れた時には、もう私はユウカのことが好きでしたからね」

「えー、なんですか、それ。いつの間に私を好きになったんですか？」

「その話は、いずれ折を見て。そうそう、中村君は大学時代の私について他に、なにか言っていませんでしたか？」

「ええと、そうですねぇ」

確か、留美先輩はこうも言っていた。

『大学時代の彼女たちは、竹若君が本心から望んだ相手じゃなかったのね。タンポポちゃんみたいな、ううん、あなたこそが彼の本当の好みだったのよね』

『大学時代の竹若君、あれはきっと、そういう付き合いしかできなかったのね。そこまで相手にのめ込めなかったというか』

それを聞いて、本当なのかなって思っていた。

だけど、和馬さんのさっきの言葉で、それが嘘じゃないんだってちょっと分かった。

それを言うのは恥《は》ずかしいので、

「忘れちゃいました」

と、誤魔化《ごまか》すことにする。

彼は目を緩く細め、

「そうですか。あなたの口から聞きたかったのですが、残念です」

と言う。

勘《かん》のいい和馬さんのことだし、おまけに留美先輩と仲がいいのだから、この辺の話を先輩から聞いたことは筒抜けだろう。私がわざと覚えていない振りをしているのだということも知っているだろう。

それでも無理やり聞き出すことはない。

――いつもは強引なくせに、こういうところは優しいんだから。

彼に大人しく手を引かれながら、少し前を行く大きな背中を見つめて、

「……大好きです」

と和馬さんの耳に届かないくらい小さな声でささやいたのだった。

6　世界一の幸せ者

会社を出てからは、いつものコース。スーパーで食材を買い、和馬さんの部屋に戻ってきたら、彼に時折ちょっかいを出されたりしつつ夕食を仕上げてゆく。

夕飯後にリビングのソファで飲み物を飲みながらおしゃべりして、適当な頃合いを見て、お風呂を借りた。

「お先でした」

この部屋に置かせてもらっている自分のパジャマに身を包んだ私は、ホカホカの状態で洗面所から出た。

ソファに座っていた和馬さんは手にしていた経済雑誌から視線を上げ、

「眠かったら、先に寝室に行っていてもいいですよ」

と言って微笑《ほほえ》みかけてくれる。

「まだ眠くないです。早く使い慣れたいので、少し弄《いじ》ってますね」

私はバッグからスマートフォンを取り出し、和馬さんの隣に腰を下ろした。

ソファの上で体育座りをしてスマートフォンの電源を入れると、

「そのままでは湯冷めします」

と、和馬さんは傍に置いていた薄い肌掛け布団を肩にかけてくれる。

「では、お風呂に入ってきますね」

それから私のこめかみにチュッとキスを一つ贈ると、洗面所へと歩いていった。

「……和馬さん、いちいち行動が甘いんだけど」

頭からすっぽり肌掛けをかぶり、布団の中で真っ赤な顔を膝《ひざ》に埋《うず》める。

こんなに火照《ほて》ってしまって、湯冷めどころかのぼせそうである。

付き合い始めて、約三ヶ月。いまだに蜜月《みつげつ》は続いているようだ。

「こんな風に大事にされるんなら、和馬さんと付き合いたい人が続出するのも当然だよ」

彼に見つめてもらえたら。

笑いかけてもらえたら。

触れてもらえたら。

キスしてもらえたら。

抱き締めてもらえたら。

誰よりも、なによりも、彼に自分を愛してもらえたら……

それだけで、世界一の幸せ者になる。

私だけではなく、そう考える人がいても不思議じゃない。

運のいいことに私は和馬さんとお付き合いすることになったけれど、それは偶然に過ぎないのだろう。

もしかしたら、今頃、和馬さんの隣にいるのは、私ではない人だったかもしれない。

胸の奥で感じた揺らぎが、僅《わず》かに襲《おそ》ってくる。

その揺らぎは時間を追うごとに大きくなってゆき、ツキツキと心臓を突きはじめた。

和馬さんに言い寄るたくさんの後輩たちを見て、改めて感じたことがある。

私の恋人はそれだけ魅力に溢《あふ》れた人なのだ。

「初めての彼氏が和馬さんだなんて……」

あまりにハイスペックで、あまりに素敵過ぎる。

若干言動に首を傾《かし》げることもあるが、それでも、彼は極上の男性。彼氏の基準を和馬さんに設定してしまったら、次の彼氏探しは間違いなく大変だ。

――困った。和馬さんと別れたら、二度と彼氏なんてできそうにないや。

そんな馬鹿なことを考えていると、いつの間にか和馬さんがお風呂を済ませてリビングに入ってきた。

スリッパが床を打つ軽い音を響かせながらこちらにやってくると、彼は静かに私の隣に腰を下ろす。

全身肌掛けに包まれている私を片腕で抱き寄せ、

「ミノムシ状態のユウカも可愛いですね」

と言って、布の上から頭にキスをしてきた。

「そんな格好でなにをしているのですか？　顔を見せてください」

頭の上から、スルリと肌掛けが滑《すべ》り落ちる。油断していた私は、複雑な表情を和馬さんに見られてしまうことになった。

「ユウカ？」

名前を呼ばれ、窺《うかが》うように覗《のぞ》き込まれる。居心地が悪くなり、顔を伏《ふ》せた。

「難しい顔をして、なにを考えていたのですか？」

しなやかな筋肉の付いた腕が私を抱き締める。

「大したことじゃないですよ。使い方が難しいなって」

誤魔化《ごまか》すためにヘラリと笑い、私はローテーブルにスマートフォンを置く。

だけど、和馬さんが騙されてくれるはずもなく――

「ユウカ、言ってごらんなさい」

と、優しい口調で問われる。

なのに、彼を包むオーラがピリピリと緊張を孕《はら》んでいる。和馬さんの目を見ることができない私に、なにかを感じ取ったようだ。

とはいえ、素直に心情を吐露《とろ》できるわけがなく、だけど上手い誤魔化《ごまか》しを思いつくわけでもなかった。

「あの、その……」

言葉に詰まって、余計に焦《あせ》る。

そんな私を見て、

「どうやら、あまりいいことではなさそうですね。『もし別れたら』などと考えていたのでしょう？」

やっぱり彼は鋭《するど》い。それはもう、とんでもなく鋭《するど》い。

それなのに性懲《しょうこ》りもなく誤魔化《ごまか》そうとする愚《おろ》かな私。

「そ、それは……、ええと……」

言いよどむ私を彼の逞《たくま》しい腕が強く引き寄せ、広い胸にもたれさせる。もう一方の腕も回ってきて、ギュウッと私を抱き締めた。

「馬鹿なことを考えないように。私がユウカと別れるなど、ありえないことなのですから」

どうして和馬さんは、こんなに自信満々に言い切れるのだろうか。いつも不思議に思う。

「で、でも、万が一ということも」

うっかり口を滑《すべ》らせると、痛いほど抱き締められた。

「ありません。なにがあっても私はユウカを手放しません。やむにやまれぬ事情で離れてしまっても、ありとあらゆる手を使って必ずあなたを取り戻します」

真剣な彼の声音《こわね》に、私は恥《は》ずかしさと嬉しさでますます顔が上げられなくなった。彼の胸にコツンと頭を預《あず》ける。

「えっと、その、ごめんなさい。別に、和馬さんを疑っていたわけじゃなくって」

――言い寄ってくる女性の中で、私以上に好きになれる人がいたら……

ボソボソとつぶやくと、さらにきつく抱き締められる。

「あなたはこんなに私を惹《ひ》き付けているのに、なにを心配しているのですか？」

「そりゃあ、心配にもなりますよ。世の中には素敵な女の人はいっぱいいるし、私はこんなにちっちゃくて、見た目もそうだけど、考え方とか子供ですし」

悲劇のヒロインを気取っているわけではないけれど、極上の彼氏の横にいる自分が情けない存在に思えて仕方がないのだ。

「だけど、本気で別れるって考えていたわけじゃないですよ。私だって和馬さんと別れたいわけじゃないですから。このところ色々あったから、変なことを考えちゃっただけで」

力なく笑うと、頭の上から大きなため息が降ってきた。

「私はそんなユウカに、たまらなく溺れているのですがね。あなたのことが可愛くて仕方がないのです」

「でもそれって、子供や動物を可愛いって思うのと同じ感覚ではないんですか？」

さっきもミノムシになっている私を可愛いと言っていた。そのセリフは成人した女性に言うものではないような気がする。

そう漏《も》らすと、彼の腕はいったん私の拘束《こうそく》を解く。そうしてグイッと彼の膝《ひざ》に抱え上げられた。

いっそう強く私を抱き締めた和馬さんが、肌掛けの隙間から私の首筋に鼻先を埋《うず》める。

「失礼な。私には幼女趣味も獣姦《じゅうかん》趣味もありませんよ」

「あ、あの、そんなつもりで言ったんじゃなくって」

敏感《びんかん》な首元で喋《しゃべ》らないで欲しい。

くすぐったくて首を竦《すく》めていると、耳の付け根より少し下がった辺りをチュッと吸われた。

「あんっ」

ゾクッとした感覚が背筋を駆《か》け上がり、思わず声が出てしまった。

「ふふっ、いい声ですね」

肌掛けの上から長い腕に捉われているため、私は腕を動かせない。

「や、やめ……て」

弱々しい制止の声など聞く耳を持たず、和馬さんは何度も唇を寄せてくる。

「あなたを大人の女性として見ています。そして、そんなあなたにしっかりと情欲を感じています」

「は、んん……。じょ、情欲？　それって、勘違いとか……」

「散々私に抱かれてきたというのに、まだそんなことを言うのですか？　勘違いなどではありませんよ。その証拠《しょうこ》に、ほら」

彼は肌掛けの中に手を侵入させて私の左手を取り、パジャマ代わりに着ている黒いスウェットの『ある場所』へ導く。私の手の平に当たるのは、僅《わず》かながら硬くなっている彼の……

――えっ？　これって。

驚いて腕を引っ込めるより先に、彼が私の手の上からグイッと自分の手を押し付ける。

「分かるでしょう？　私はあなたのことを『女性』として欲しているのです。ユウカの喘《あえ》ぎ声だけでこの反応ですよ。我ながら我慢が利かなくて困ります」

という和馬さんの顔はちっとも困っていない。それどころか、嬉しそうだ。

「ふえっ？　で、でも、だけどっ」

――こんな私の声だけで？　信じられない！

パクパクと口を開閉する私に、和馬さんの形のいい眉が片方ひょいっと上がる。

「まだ信じていただけないのですか？　……では、仕方がありません。改めてあなたの体に教え込むとしますか」

和馬さんは肌掛けを取り去ると、私を横抱きにして立ち上がった。

そしてまったく危なげない足取りでドンドン進み、連れて来られたのは彼の寝室。薄明かりの寝室に置かれた大きくて広いベッドの真ん中に、宝物のように優しく下ろされる。

「和馬さんっ」

目を白黒させる私の目の前で、彼は着ていたTシャツをおもむろに脱ぎ捨てた。

脱いだ時に乱れた前髪の間から覗《のぞ》く切れ長の目が、言葉にならないほど色っぽい。

思わず見惚《みと》れてしまい、私は上体を起こすことすらできなかった。

仰向《あおむ》けになっている私は、立《た》て膝《ひざ》で私の足を跨《また》いでいる和馬さんを見上げていた。

トク、トク、と胸を打つ音が耳の奥で響く。頬がうっすらと熱を帯《お》びてゆく。

リビングほど明るくないけれど、きっと私の顔が赤くなっていることはばれてしまっているだろう。

「頬がいい色に染まっていますね。可愛いですよ、ユウカ」

愛おしげに名前を呼んだ和馬さんは、右手の中指でほっぺに掛かった髪を払ってくれた。

少し皮膚の硬くなった指先がユルリと頬の丸みを撫《な》で、やがて忍び込むように耳裏へと移動してゆく。

くすぐるようにその辺りを数回撫《な》でた後、シーツとうなじの隙間に大きな手が差し込まれた。

襟足《えりあし》の髪の毛をすくい上げながら、和馬さんは引き締まった上体をゆっくり倒してくる。

お互いの距離が十センチほどになったところで、彼は動きを止めた。

「ユウカ」

さっきよりも声に熱がこもっている感じだ。僅《わず》かに掠《かす》れた声が、男性特有の色気を放っている。

彼の声に一瞬気を取られていると、私の顔の横に左手をついた和馬さんが距離を詰めてきた。

ベッドが小さく軋《きし》む音を立てる。そうして彼が左肘を曲げ、もう一度軋《きし》む音がした時には、私たちの間は五センチほどになっていた。

私に体重がかかりすぎないように気遣う、目の前の恋人をジッと見つめる。

こんな至近距離で和馬さんに見つめられるのは恥《は》ずかしいが、彼から目が離せない。

洗い立ての髪はまだ湿り気を帯《お》びていて、いつもより多く切れ長の目にかかっていた。

それがあまりにもかっこよくて、私の顔はさらに火照《ほて》っていく。

――私もかなり和馬さんに溺れてるよね。

自分の彼氏に何度ときめくのだろうか。何度目を奪われるのだろうか。

この先もきっと、数えきれないほど、私は和馬さんに恋をするのだ。

後頭部を包み込んだ大きな手に少しだけ引き上げられ、シーツから頭が僅《わず》かに浮き上がった。

私たちの距離はさらに縮まり、鼻先が触れ合っている。和馬さんの前髪が私のおでこに触れ、くすぐったい。

その感触にほんのちょっと笑ってしまうと、ぼやける距離にある形のいい目も弧《こ》を描《えが》いた。

「ユウカ」

切ない響き。唇に、彼の吐息《といき》を感じる。

「ユウカ……」

声とも呼気《こき》とも判別がつかない小さなささやきを拾い、私は徐々に瞼《まぶた》を閉じてゆく。

トクン、とさっきよりも大きく心臓が高鳴ると同時に、今度は和馬さんの唇の感触がした。

彼の唇が、優しく重ねられては離れ、また重なる。

彼の薄い唇はとても柔《やわ》らかくて、優しくて、温かい。

私に対する愛情がストレートに伝わってくる心地よさに、いくらか強張《こわば》っていた体の力が抜けていった。

すると和馬さんは上下の唇を丹念《たんねん》に舌先で辿《たど》り、私の上唇を自分の唇で挟んでくる。

味わうように何度も食《は》んで啄《ついば》んで、やがて吸い付いてきた。

チュッというリップノイズが上唇、下唇、左右の唇の端に降ってくる。

キスを繰り返しながら、和馬さんは私のうなじにあるくぼみに沿って指を這《は》わせた。

途端《とたん》にソワリという感覚が背筋を上り、唇が薄く開いてしまう。

「ん……」

彼の舌が、その隙間から侵入する。

上顎《うわあご》、舌の付け根、頬の内側、歯列を、和馬さんの舌によって刺激されてゆく。

うなじにある彼の右手の動きと、私の口内にある彼の舌の動きが徐々に大胆《だいたん》になり、鼻にかかった甘い声が止められなくなった。

「あっ……、んんっ」

子猫が親猫に甘えるような、高い喘《あえ》ぎ声が漏《も》れる。

それを聞いた和馬さんは、強く唇を押し付けてきた。

そして彼の手が私の後頭部を強く引き寄せたことで、さらにキスは深まる。

僅《わず》かな喘《あえ》ぎ声すら零《こぼ》せないほど、隙間なく唇を塞《ふさ》がれる。彼の舌が容赦《ようしゃ》なく私を襲《おそ》った。

「ふ、う……ん」

息ができないくらい激しく口内を掻《か》き回され、私は苦しくて呻《うめ》く。

そんな私を宥《なだ》めるように、右手が髪を撫《な》でてくる。

だけど、キスは止《や》まない。

和馬さんの舌が私の舌に絡《から》みつき、吸い上げ、口内を掻《か》きまぜるたびに、クチュリ、という水音が響く。

いつ聞いても恥《は》ずかしくなる。けれど、彼のキスで蕩《とろ》け始めている私は、耳を塞《ふさ》ぐために腕を上げることさえできなかった。

しばらくそんな動きを続けた後、彼の舌はそろりと抜け出ていった。それからペロリと私の下唇を舐める。

散々キスを繰り返された唇は腫《は》れ、ちょっとした刺激でも敏感《びんかん》に反応する。ピクン、と肩が震《ふる》えてしまった。

和馬さんはクスリと笑みを零《こぼ》すと、私のほっぺにキスを落とす。それから今度は顎《あご》先にも口付ける。

首筋にキスされた後、ネロリと舐め上げられ、快感にゾクリと粟立《あわだ》つ。

「あんっ」

フルリと体を震《ふる》わせると、和馬さんはさらに唇を移動させてゆく。

鎖骨のラインに沿って唇を落とし、時折、チクリという微《かす》かな痛みの伴う痕《あと》をつけていった。

パジャマのボタンも外し、胸元に数個のキスマークを散らされる。パジャマの前身ごろは、すっかり大きく開かれていた。

体を起こした和馬さんは、逞《たくま》しい左腕で私を抱き込みつつ、肩の丸みにきつく吸い付く。それから右腕で私を支えながらうつ伏《ぶ》せにした。

うしろ襟に大きな手が掛かり、パジャマの上着をスルリと脱がされる。

お風呂上がりということでブラは身に着けておらず、淡いピンク色をした薄手のキャミソールをまとっていた。

その肩ひもを歯で咥《くわ》えてずらした彼は、私を仰向《あおむ》けにしようとする。

だけど、今の私の上半身はキャミソール一枚。しかも肩ひもを外されていて、それもすぐに脱げちゃう状態だから恥《は》ずかしい。

私はギュッと縮こまって抵抗した。

「ユウカ、体の力を抜きなさい」

背後の和馬さんがクスクスと笑う。

それには従わずにいると、

「別にかまいませんけどね」

と、余裕そうな声が聞こえてくる。

「……え？」

首だけで振り返ると、和馬さんの手が私の体とシーツの間へと強引に滑《すべ》り込んでくる。

そのままグイグイと這《は》い進み、あっという間に私の胸に到達。

気が付けば、和馬さんの大きな手がキャミソールの上から私の右胸を揉みしだいていた。

「や、あっ」

ビクッと体が跳ねる。

「ユウカの胸は、柔《やわ》らかくて気持ちがいいです」

うっとりとささやいた和馬さんは、指先に力を入れて胸を刺激してきた。

乳房全体を大きく鷲掴《わしづか》みにし、しつこく揉み込む。かと思えば、手の平でスッポリ乳房を覆《おお》い、
円を描くように激しく動かしてきた。

「は、あ、あぁ……」

強い刺激から、逃《のが》れようと試《こころ》みる。

ところが、胸を弄《いじ》っていない方の手は私のお腹に回されていて、どうしても抗《あらが》えない。

身じろぎすらろくにできない状態では快感を逃《のが》すことができずに、私の口からは、ひっきりなしに喘《あえ》ぎが漏《も》れていた。

しばらく胸全体を刺激していた和馬さんは、次《つ》いで手を移動させる。

これで終わりかと内心安堵《あんど》していると、人差し指の先が乳首に当たる。布地の上からスリスリと先端だけを擦《さす》る動きは、とても卑猥《ひわい》だ。

「あん……」

和馬さんが弄《いじ》っているところから、チリチリとした疼《うず》きが生まれる。

「ふふっ。随分《ずいぶん》と硬くなっていますね。おかげで、見えなくてもすぐに場所が分かりますよ」

どことなく意地悪な声音《こわね》で告《つ》げた和馬さんは、次の瞬間、乳首を親指と人差し指で摘《つま》んだ。

そして指の腹同士を合わせ、クリクリと弄《いじ》る。

すり潰《つぶ》すようなその動きは、敏感《びんかん》になっている乳首には刺激が強すぎた。

「あ、やぁ、んんっ！」

甲高《かんだか》い声が思わず口をつき、仰《の》け反《ぞ》る。

和馬さんの指の動きは、いっそう大胆《だいたん》になってゆく。

ツンと尖《とが》り、与えられる愛撫にすぐさま反応してしまう今の乳首には、布越しでさえ十分すぎる刺激だった。

「はぁ……ん、あ、あぁっ！」

私の乳首は、どんどん膨《ふく》らみを増す。

ビクビクと背中が波打つたびに、体から力が抜けていく。そうして呼吸が浅くなった時には、和馬さんの左腕に支えられる状態で四つん這《ば》いになっていた。

「あなたは本当にいい声で啼《な》きますね」

身じろぐうちにキャミソールは下がり、肩甲骨《けんこうこつ》がすっかり出ている。和馬さんはそこにキスをして乳首を弄《いじ》るのは止め、下腹部へと手を這《は》わせていく。

私のパジャマのズボンに手を潜り込ませ、躊躇《ちゅうちょ》なく下着の中にも入り込んでくる。

スラリと長く、だけど男性らしく骨ばった指が、恥毛を掻《か》き分けてさらに奥へと進む。

ワレ目を辿《たど》る指先が膣口に触れた。

「もう、こんなに濡らしてしまったのですか？」

背中に覆《おお》いかぶさっている和馬さんが、私の耳元で低くささやく。

唇をキュッと噛《か》んで身を硬くするが、溢《あふ》れるものは止められない。

和馬さんの指が、ヌルヌルと前後する。

人差し指と中指の先が愛液を塗り付けるように、ワレ目の端から端まで動いてゆく。

相当ぬかるんでいるのか、チュプチュプという淫音が耳に届いた。

「や……、いや、あっ」

何度聞かされても、これればかりは慣れる気がしない。

恥《は》ずかしくて、私は背中に薄く汗をかく。

その背中に、和馬さんは丁寧に赤い痕《あと》を散らす。

「さぁ、もっと啼《な》いてください。私の手で気持ちよくなってください」

彼の指がググッと侵入を深め、膣口に沈んだ。二本の指が第一関節まで埋《う》まり、そこで小刻みに前後運動を始める。

「んんっ」

途端《とたん》にガクンと腕の力が抜けてしまい、私は左頬をシーツに押し付けて腰だけ高く上げる体勢になってしまった。

「あ、ダメ……、ん、は、あぁ」

グチュグチュとやや乱暴に秘部を掻《か》き回されているうちに、膣口が柔《やわ》らかく開いていく。和馬さんの指がズブリと挿入され、第二関節まで完全に埋《う》まった。

「くっ、うぅ……」

呻《うめ》き声のような食いしばった声は、苦痛ゆえに上げたものではない。

キスをされ、胸を弄《いじ》られて、体の奥に妖《あや》しい熱が灯《とも》った結果だった。

だけど、彼の指だけでは、その熱は収まらない。体の奥の奥で愛される幸せを知った私は、もっと深く繋がらなければ満足できないだろう。

そして、和馬さんにも気持ちよくなってほしいという想いが溢《あふ》れる。

「はぁ、か、ずまさん……」

わななく指で、お腹に回されている彼の腕に触れた。

それだけで彼は、私が言いたいことを察してくれる。

「ええ、もちろんですよ。私の唇や指で可愛がるのもいいですが、そろそろあなたと一つになりたいですから」

微《かす》かな笑みと共に告《つ》げられたセリフは、意外なほど切羽詰《せっぱつ》まっている。

私だけではなく、和馬さんも私を欲しがってくれていることが嬉しい。

好きな人に求められる幸せは、なんでこんなにも甘やかなのだろうか。

頭の芯が蕩《とろ》け始めている私はさしたる抵抗もせず、彼に衣服を脱がされてゆく。裸になった私は、優しく丁寧に横たえられた。

和馬さんは私のおでこにキスをしてから、黒いスウェットズボンと下着を素早く脱ぎ去る。

そしてヘッドボードの引き出しから避妊具を取り出し、自身の高ぶりに装着した。

私の足の間に割って入り、剛直の先端を膣口に擦《こす》りつける。

「呑《の》み込もうとして、ヒクついていますね」

――そんなこと、わざわざ言わなくてもいいのに……

カアッと全身が熱くなり、思わず横を向く。ベッドの上だと、和馬さんはちょっと意地悪だ。

手の甲で口元を覆《おお》い、横向きのまま和馬さんを軽く睨《にら》む。

「ああ、ユウカ！　そんなに色っぽい仕草をしないでください。自分が抑えられなくなって、あなたを壊してしまいそうです……」

和馬さんはおもむろに私の左膝《ひだりひざ》を抱え、膝頭《ひざがしら》にキスをすることで暴走しそうな自分を留《とど》めているようだ。

「……壊しても、いいですよ」

ポツリと零《こぼ》した言葉に、和馬さんはハッと息を呑《の》んだ。膝《ひざ》へのキスを止め、オズオズと私の様子を窺《うかが》ってくる。

「ユウカ？」

視線を逸《そ》らしたまま、ものすごく熱くなった顔でポツリ、ポツリと告《つ》げる。

「私のこと、壊してもいいですよ。そのくらい、私のことが……、好きだってことですよね？」

「ええ、ええ、もちろんです！　この世界の誰よりもあなたが好きです！」

即座に返ってきた答えに、胸の奥が温かいもので溢《あふ》れた。

それでもやっぱり彼の顔を見ながら言うのは恥《は》ずかしいから、横向きで口を開く。

「だから……、いいですよ。壊されてもいいって思うくらい、和馬さんのことが……、好き、ですから」

こんなこと、普段は言えやしない。でも今なら、熱に浮かされた振りをして言える。

「ユウカ……」

感極《きわ》まった声で私の名前を呼んだきり、和馬さんは黙ってしまった。

淫靡《いんび》で静かな空気が辺りに満ちる。

どうしたのかとチラッと彼を窺《うかが》うと、和馬さんの顔が僅《わず》かに赤くなっていた。

「こんなにもあなたに惚《ほ》れさせて、私をどうするつもりですか？」

片手で顔半分を覆《おお》い、ハァと息を吐く和馬さん。

「どうするもなにも……」

私は、もごもごと口ごもる。

すると、低い声で告《つ》げられた。

「いっそ壊してしまいましょうか？」

「え？」

思わず彼を見ると、壮絶な色気をまとった和馬さんと目が合ってしまう。

「あ、あの……」

「あなたを抱き潰《つぶ》して、壊して、ここから一生出さないというのもいいですね」

「か、和馬さん？」

「ユウカ。愛してますよ、永遠に」

そう言って微笑《ほほえ》む彼の瞳の奥には、妖《あや》しい光がちらついていた。

和馬さんはグッと腰を押し進め、剛直の先端を膣口にクプリと呑《の》み込ませる。

一番張り出した部分を入れられる瞬間は、いまだに体が強張《こわば》ってしまう。

息を詰めた私を見下ろしていた彼は、左腕で私の右太腿《ふともも》を抱えたまま、右手を秘部に滑《すべ》り込ませた。

そして膣口の上にあるクリトリスに、親指をそっと宛《あて》がう。羽根が触れたかのような微《かす》かな感触だったけれど、それだけでフニャリと力が抜けた。

「は、あ……」

熱い吐息《といき》が漏《も》れる。と同時に、高ぶりがズズッと挿入された。

「ん、んんっ！」

体の内側を圧迫され、喉《のど》が詰まる。

思わずキュッと眉が寄ってしまった。

でも、我慢できないほどの痛みがあるわけではない。苦しいけれど、その感覚は和馬さんが私を抱いている証拠《しょうこ》だから、嬉しいものでもある。

ところが、彼は私を心配したのか動きを止めてしまった。

それでも、私が口元に笑みを浮かべたのを見てとって、また腰を押し進めてくる。

少し突いては、引き戻す。深めに腰を押し付けては、抜く。

私のナカに彼自身をなじませるように、小刻みに腰を揺らして侵入してきた。

和馬さんの動きに合わせて、クチュリ、チュプッと水音が立つ。

さっきの状態でもかなり濡れていたみたいだけど、和馬さんが抽挿《ちゅうそう》を繰り返すたびに、奥から愛液が溢《あふ》れてくる。

和馬さんを受け入れようと、自分の体が無意識に反応しているのだ。

彼がいつもに比べると余裕のない抽挿《ちゅうそう》を繰り返しているうちに、膣壁が徐々に解れてゆく。

やがて、和馬さんの剛直が根元まで深々と埋《う》まった。

「は……」

彼の口から、色っぽい吐息《といき》が漏《も》れる。抱えていた私の右太腿《ふともも》を放し、その手でザッと黒髪を掻《か》き上げた。

乱暴な仕草が、和馬さんの男らしさを際立《きわだ》たせる。

胸をキュンと弾ませて彼を見遣《みや》ると、和馬さんは私の足を大きく開かせて体を前に倒す。

左手で私の右手を絡《から》めとり、強く握り締めてきた。

「ユウカ……」

淫熱で揺らぐ私の瞳を、和馬さんがまっすぐに見つめる。私も彼から目を逸《そ》らさず見つめ返した。

二人の視線が絡《から》み合い、いつしか呼吸のリズムが重なる。

私と和馬さんが小さく息を吸い込んだその時、彼が大きく腰を突きだした。

グン、と下から抉《えぐ》るような挿入は衝撃が大きく、私はひときわ高く喘《あえ》ぐ。

「あ……、あぁん！」

私を逃がさないとばかりに繋いだ手をしっかりと握り、シーツについた右手でバランスを取りながら、和馬さんが何度も激しく腰を動かした。

ジュブジュブという粘着質な水音と私の嬌声が絶えず寝室に響く。ベッドが軋《きし》む音も大きくなっていった。

「う、く、んん……」

熱くて硬い先端が、私の弱いところを狙って、ズン、ズンと攻めてくる。

余裕をなくした和馬さんは、私のナカの最奥を目指して剛直を突き立てた。

「いやっ、あぁ！」

私のイイところに、張り出した傘の部分をグイグイと押し付ける和馬さん。

その勢いに、私の体がずり上がった。

すると右手で私のウエストを掴《つか》み、繋いでいる手と共に乱暴に引き寄せる。

お互いの恥毛が触れ合うほど深く繋がり合う。

「ああっっっ!!」

激し過ぎる結合に、私の口から悲鳴《ひめい》のような嬌声が飛び出した。

それからも和馬さんの淫《みだ》らで激しい揺さぶりは続き、瞼《まぶた》の裏で白い光がチカチカと点滅《てんめつ》を始める。

「は、あ……、あぁ、も、もう……」

言葉を発するどころか、呼吸すらままならない状態。弱々しく彼の手を握り返すのが精いっぱい。

喘《あえ》ぐ私の胸に、和馬さんの汗がポタリと落ちる。

汗を浮かべるほど懸命に私を抱く和馬さんが、愛しくてたまらない。

「ん、あん……、か、ずま、さ……」

息も絶え絶《だ》えに、彼を呼ぶ。

すると和馬さんは私にガバリと覆《おお》いかぶさり、きつく抱き締めてきた。

「ユウカ、ユウカ……」

私の秘部の奥の奥までズプリと剛直を呑《の》み込ませ、腰を回してナカを掻《か》きまぜる。

私は、いよいよ絶頂が見えてきた。

息を詰め、与えられる快楽と愛情だけをその身で感じる。

点滅《てんめつ》を繰り返していた光が瞼《まぶた》の裏全体に広がっていく。

「く……、はっ、あ……、あぁっ!!」

私は顎《あご》を上げて仰《の》け反《ぞ》り、極《きわ》まった声を上げる。

するといっそう彼の動きが激しさを増し、そして止まった。

体の一番深いところで、薄い膜越しにジワリと熱が広がっていくのを感じる。それに安堵《あんど》と満足感を覚え、ガクンと一気に脱力した。

裸の胸を重ね合わせ、お互いに荒い呼吸を繰り返す。なにも言わず、なにもせず、汗ばんだ肌と体温を感じ合った。

直接肌に感じる彼の熱がすごく心地いい。

私よりも先に回復した和馬さんが身を起こし、汗でおでこに張り付いている髪を払ってくれた。そしておでこと両方の瞼《まぶた》に唇を寄せてくる。

「愛してます」

幸せそうな笑みを浮かべ、幸せそうな声で和馬さんが言う。そんな彼を見ていたら、私の胸は張り裂《さ》けそうになった。

幸せな気持ちが込み上げ、ポロリと涙が零《こぼ》れる。

「ユウカ、大丈夫ですか？　無理をさせてしまって、すみませんでした」

心配そうに眉を寄せた和馬さんは、私の呼吸を妨げないよう、唇の端に優しいキスを繰り返す。

私はそっと首を横に振った。

「そうじゃ、あり、ません……。幸せで苦しいなんて、贅沢《ぜいたく》だなって……」

はぁ、と大きく息を吐き、彼を見つめる。

「今の私は、世界一の幸せ者です」

すると和馬さんは目を細めた。

「いいえ、私こそ、世界一幸せですよ」

綺麗な微笑《ほほえ》みを浮かべながら、両腕でスッポリと私を包み込む。
気怠《けだる》い腕をなんとか動かし、私も和馬さんを抱き締め返す。
そうして私たちはしばらくの間、世界一幸せな気分に浸《ひた》ったのだった。

番外編
清らかな花に惹かれる獣の本能

お互いの温もりと幸せを感じ合った後、肌触りのいい薄手の綿毛布に包まれ、私とユウカはベッドの上でまどろんでいた。

ユウカは一回果てると私に甘えてくることが多い。思考に霞《かすみ》がかかっているらしく、羞恥心《しゅうちしん》が薄らいでいるようだ。

手早く後処理を済ませた今もまだ二人して裸だというのに、私に腕枕をされ、胸の中に抱き込まれていても逃げ出す素振りは一切《いっさい》見せない。

「もっと、こちらにいらっしゃい」

声をかけると、逃げ出すどころか、はにかみながら擦り寄ってくる。その様子がたまらなく愛らしくて、自分の相好《そうごう》が緩く崩れるのを自覚する。

ユウカと出会う前、誰かを見て愛らしいと感じたことなどあっただろうか。

幼女趣味も獣姦《じゅうかん》趣味もないが、子供や幼児期の動物を見て可愛いと思ったことはあった。しかし、たまらなくなるほど強い衝動《しょうどう》を感じた記憶はない。

——ああ、そうか。どうしようもなくユウカに惹《ひ》かれるのは、彼女の心がまっすぐだからかもしれない。

打算がなく、自分を無理矢理飾り立てることもしていないから。

子供や動物が自分を可愛く見せようとしていないのと同じく、あざとさがないからだ。

そんなユウカにどっぷり嵌《はま》っている自分に、知らず苦笑が漏《も》れる。だが、悪い気分ではない。誰かに心奪われることは、かえって気分がよかった。

「少しばかり無茶をさせましたね。痛いところはありませんか？」

まだ火照《ほて》っている小さな体をさらに抱き寄せると、されるがままに半身をピタリとつけてきた。

「平気、です……」

気怠《けだる》そうにもたれてくる彼女のこの姿は、私のことを信頼しきっているようで嬉しい。

ユウカは自分の容姿、内面共に子供であると常々口にするが、そう言う割には彼女が子供っぽく甘えてくることはほとんどない。わがままを言うことも皆無《かいむ》だ。

だからこそ、情事の後で、大人しく私に抱き締められているこの時間は、至福のひと時だった。

ユウカは私の胸にモソモソと頬をくっつけてくる。

まるでかまって欲しいと主張する子猫。今夜の彼女はかなり甘えん坊のようだ。その愛らしさに、ますます破顔《はがん》する。

「どうしました？」

片手で彼女の髪を梳《す》き、額に唇を寄せて尋ねる。

ユウカはちらりとこちらを見上げ、次《つ》いで視線を泳がせた。

それから、なんでもないと言うように、ゆるりと首を横に振る。

だが、そんなはずはない。

つい今しがたまで穏やかな微笑《ほほえ》みを浮かべていたというのに、どこか浮かない表情をしている。

セックスによる興奮が落ち着きを見せ、それに伴い、霞《かす》んでいた思考も徐々に落ち着いてきたのだろう。

ユウカは伝えるほどでもないと思うのかもしれないが、私としては、そうもいかない。この僅《わず》かなサインを見逃した結果、二人の間に亀裂が生じたら、私は自分が許せない。

もしユウカがどうしても話したくないというのであれば、機会を改めよう。無理に追い詰める必要はない。

だが、念のためにもう一度だけやんわりと促《うなが》してみる。

「私は欲張りですので、あなたのことをなんでも知っていたいのです。どうか話してもらえませんか？」

すると彼女はふたたびぼんやりと視線を巡らせた後、ポツリ、ポツリと話し始めた。

姿かたちを似せてきた後輩たちが、こうすれば自分たちも私に愛される可能性があると直接ユウカに言ったそうだ。

それを聞いて、心底馬鹿げていると思った。そんなことはあり得ないのに。

ユウカを抱き締めながら、心の中でため息を吐く。

帰宅しようとする私たちの前に現れた一人の後輩は、確かにユウカと同じような雰囲気だった。

かなり注意深くユウカを観察して真似《まね》たのだろうということは、容易《ようい》に想像がついた。

だが、それがなんだというのだ。

いくら似せたところで『小向日葵ユウカ』には、なれやしない。

本物がすぐ傍にいるのに、なぜ『模造品』を選ぶというのだ？　選ばれると思うのだ？　結果は火を見るより明らかだ。

後輩たちは本気で考えてその結論に達したのだろうが、あまりにお粗末だ。

私はそんな後輩たちに呆《あき》れしか覚えなかったが、ユウカは少々違ったらしい。

「彼女たちのやり方は、私もおかしいなって思いました。でも、それだけ必死だったのかなって……。たとえば、魅力的な女の人が必死になって和馬さんに言い寄ったら、和馬さんはその人のことを好きになっちゃうのかな？」

聞き取れないほど弱々しい声で、ユウカがつぶやく。私に聞かせるつもりではなかったのかもしれない。

しかし思わず零《こぼ》れた言葉だからこそ、彼女の正直な心情と言える。

ユウカは以前に比べてうしろ向きな言動が減ってきたものの、時折このような思考に囚《とら》われる。

だからと言って、私としてはそんな発言を漏《も》らしたユウカを責めるつもりも、呆《あき》れるつもりもない。

それは彼女の性格では仕方のないことだし、ユウカのみならず、誰しもふと立ち止まり、己の状況に不安を覚えることはあるだろう。

私がすることは、ただ、ひたすらに彼女を愛することだけ。

「それは杞憂《きゆう》というものですよ。私にとって、『魅力的な女性』の基準はあなたですから」

「……え？」

伏《ふ》せていた視線をゆっくりと上げて私を見るユウカに、そっと微笑《ほほえ》んでやった。

「私が可愛いと思う人物、色っぽいと思う人物、その他にも心が惹《ひ》かれる感情の基準はあなたなのですよ。ですから、周囲がどれほど魅力的だともてはやす女性が現れたところで、心が揺らがない自信があります」

それを聞いたユウカの目が、少しばかり大きくなる。

「そんな……。どうしてそんなことが言えるんですか？」

「どうしてと言われましてもねぇ」

クスッと笑った私は、しなやかな彼女の髪に指を絡《から》めながら話を続ける。

「ユウカと出逢ったことで、この年齢まで持ち得なかった基準が定まったのですよ。私にとってあなたが基準点であり、最高点でもあります」

額や瞼《まぶた》にキスをしながら告《つ》げると、ユウカは眉根を軽く寄せて「よく、分かりません……」とつぶやいた。

「そうですか？　では分かりやすく、態度で示すことにしましょう」

私は素早く上体を起こし、ユウカに圧《の》し掛かる。

「かず、ま……さっ」

まろやかな頬を両手で包み、戸惑うユウカの唇を塞《ふさ》ぐ。

少しずつ角度をずらし、一番深く絡《から》み合う位置を探し、彼女の舌に自分のそれを巻きつけた。

「ふ、んん……、あぁ」

ユウカは、途端《とたん》に甘い声を上げ始める。

舌を吸い、上下の唇をそれぞれ甘噛みし、互いの唾液を混ぜ合わせるように彼女の口内を激しく舐《ねぶ》る。すると、鼻にかかった愛らしい吐息《といき》がひっきりなしに耳に届いてきた。

グチュリと音を立てて口内の粘膜すべてを舐めあげ、ゆっくりと舌を後退させる。

「は、あ……急に、なんで……？」

顔を赤らめ、潤《うる》んだ瞳で私を見つめるユウカの姿に、喉《のど》の奥からクツクツと笑いが湧《わ》き起こる。

「態度で示すと言ったでしょう？　私があなたに惹《ひ》かれてやまないことを、その体に教えてあげますよ。ユウカが欲しくて欲しくてたまらない私は、一度達した程度では収まりがつきませんので」

視線を逸《そ》らさずに告《つ》げ、硬くなり始めた下半身をユウカの太腿《ふともも》辺りにゆるゆると擦りつける。私の言葉と、言葉以上に主張する下半身に、ユウカは息を呑《の》んだ。

「……え？」

逃げを打たなかった時点で、今後の展開は決まった。

私はさらに深くキスをしてユウカの思考に甘い霞《かすみ》をかけてやり、唇を徐々に胸元へと移動させる。

そうして、赤い痕《あと》を増やしてゆく。

「はぁ、んっ」

所有の証《あかし》が刻まれるたびにユウカはピクリと肩を震《ふる》わせるものの、嫌がる素振りではないようだ。左の人差し指を咥《くわ》えて浅く息を吐く様は、なんとも扇情的《せんじょうてき》だ。

自分の魅力をまったく理解していない彼女自身に、この姿を見せてやりたい。今のユウカが、どれほど私を煽《あお》っているのか。

いや、こういった情事の最中でなくとも、ユウカの反応は愛らしく、拗《す》ねる様子は色気さえ醸《かも》し出しているのだ。

社内や人前で私が彼女を茶化すような物言いをするのは、愛らしい反応を引き出すためだけではなく、情欲に流されそうになる自分を誤魔化《ごまか》すためでもあった。

ユウカは私にとってこんなに魅力的であり、それを何度となく言葉と態度で伝えているにもかかわらず、過去に多くの異性に言い寄られていないから、自分には魅力がないと考えている。

それは違う。

人としての魅力を量るうえで、異性に言い寄られる数が多いというのはたしかに一つの判断基準といえる。

しかし、それだけが人の魅力を決めるわけではない。

社内にはユウカを『女性』として見ている男性がいる。多くはないが、少ないとも言えない数だ。

私と付き合う前でさえ彼らがユウカに言い寄らなかったのは、彼女があまりに無邪気で手が出せなかったのだろう。

だからこそ、ユウカは異性から取り立てて好意を寄せられないのだと考えている。

そんなことはないのに。

――これほど私を激しく煽《あお》る女性は、ユウカしかいないんですよ。

たっぷりキスを受け、キスマークを散々付けられたユウカの肌は上気して薄紅色《うすべにいろ》に染まっている。

そんな彼女を上から見下ろすと、体の奥から情欲がゾクリと沸き立った。こんな感覚は、ユウカと付き合うまで味わったことがなかった。

思春期の頃にもそれなりに性欲は高まったが、自分は周りと比べると、かなり淡白だった。

欲求がないわけではない。単純に、人に興味がなかったのだ。

高校、大学とそれなりに付き合った相手はいたし、肉体関係がまったくなかったとは言わない。

だが、溺れるような恋心は抱けなかった。

愛しているから抱き合っていたのではなく、なかば義務のようなものだったかもしれない。

そんな自分は彼女たちにとって最低の男だろうが、それを承知の上で彼女たちは付き合いを承諾《しょうだく》したので、お互い様といったところか。

だからといって、彼女たちを抱き人形のように扱ったりはしなかった。付き合う以上、「恋人」の役目は自分なりに果たしたつもりだ。

そのうち、そんな関係は彼女たちに失礼であり、また、自分の中の空虚がますます広がるだけだと気がつき、大学時代に付き合った三人目の彼女と別れて以来、恋人を作ることはしなかった。


そんな私が、今はどうだ。

ユウカに触れたくてたまらない。キスがしたくてたまらない。いや、そんな程度では収まらない。抱き合って、深いところで繋がりたい。熱い高ぶりを、何度も何度もユウカのナカに穿《うが》ちたい。ユウカの中で、マグマのように滾《たぎ》る情欲を放ちたい。

欲求に促《うなが》されるまま、赤く色付いてツンと立ち上がっている彼女の乳首に唇を近付けた。そして、チュクチュクと音を立てて吸い付く。

口に含んでいない左胸の乳首は、人差し指の爪を立て、カリカリと引っかくように弄《いじ》ってやった。

先程背後から愛撫した胸の先端は変わることなく敏感《びんかん》で、ユウカの体がビクンと跳ねる。

「やっ、あぁ！」

反射的に身を捩《よじ》るが、絶妙な角度とバランスで私が押さえ込んでいるので、少しばかり肩が浮いた程度。

それすらも許さず、私はユウカに体重をかけ、完全に動きを封じてやった。

ぷっくりとした乳首を舌で転がし、歯を立て、尖《とが》らせた舌先で突く。同時にもう一方の乳首を親指の腹で押し込みながら、グリグリと円を描くように動かした。

「はぁ、んっ……」

首を振って快楽に喘《あえ》ぐユウカ。彼女の柔《やわ》らかな髪がシーツを打つ音と、私が口で乳首を弄《いじ》る水音が寝室に響く。

ピチュ、チュプ、という湿った音がユウカの吐息《といき》と重なっていった。

「ふ、う、あぁ……、や、あ……」

舐め転がすほどに乳首は芯を持ち、舌に当たる感触が心地いい。コリコリにしこった乳首を乳房に埋《う》め込むように、下から強めに舐め上げた。

しばらく乳首だけを徹底的に刺激し、頃合いを見て舌全体を使って乳房も舐めつくす。ユウカは熱に浮かされたように首を緩く振り続ける。

やがて乳輪もふっくらと存在を示し始めた。舌先を伸ばし、あえて弱い力でチロチロと乳輪の輪《りん》郭《かく》を丹念《たんねん》に辿《たど》る。するとユウカは、いっそう大きく身じろいだ。

もどかしくてたまらないようだ。だが、このじれったさが、さらなる快楽を生む。

ユウカは乾いたシーツを握り締め、体を弱々しくくねらせる。そろそろ次の刺激を与えてもいいだろう。

私はこれまでとは一転して、乳首に激しくむしゃぶりつく。

「ん、あっ！」

ユウカの体が一際《ひときわ》大きく跳ねた。

それにはかまわず、ジュプジュプと音を立てて乳首をしゃぶり倒す。もう一方の胸はガッチリと掴《つか》み、揉みしだきながら手の平で乳首を捏《こ》ねまわした。

「ん、んんっ、ダ……、ダ、メ……」

右手でシーツを握り締め、左手を私の髪に差し込みながら言う。この愛撫をやめさせようとしているらしい。

もちろん、そのセリフと行動は逆効果だ。

「あなたの『ダメ』というセリフは、あまりに色っぽいので制止の効果はありませんよ。むしろ私を煽《あお》るだけです」

乳首から口を離して言ってやる。右手で愛撫していた乳首を、親指と人差し指で押し潰《つぶ》しつつ捻《ひね》りながら。

過敏になっている乳首には、今の行為は刺激が強すぎるであろうことは分かっている。

案の定、ユウカは背を反《そ》らして甲高《かんだか》い嬌声を上げた。

「は、あぁ、もう……」

ユウカはキュウッと眉根を寄せ、そんなセリフを零《こぼ》す。

もう、なんだと言うのだ？「もう、待てない」というのであれば、より大きな快楽をユウカに与えるだけ。「もう、嫌だ」というのであれば……

クスリと苦笑する。

なんであろうと、やめる気はない。彼女のナカで果てなくては、どうしたって収まりがつかないのだから。

力が抜け始めているユウカを膝立《ひざだ》ちで見下ろした後、己の高ぶりきった分身を眺《なが》めてクスリと笑う。

「ユウカ。私があなたに惹《ひ》かれ、煽《あお》られている証拠《しょうこ》を、今、その体に教えてあげますね」

避妊具を装着した私は、彼女の太腿《ふともも》を掴《つか》んで大きく左右に割ると、ペニスの先端を膣口に擦り付けた。

普段は硬く閉じているソコは、先程深々と受け入れたため、多少時間が経った今も柔《やわ》らかくほころんでいる。

ツプリと先端を呑《の》み込ませて角度を定めると、ユウカの腰を両手で鷲掴《わしづか》みにする。

フルッ、と小さく震《ふる》えたユウカを見てニヤリと笑い、腰を一気に引き寄せた。そして自分の腰を勢いよく突き出す。

ガツン、という鈍い音がする。互いの肌が激しくぶつかり合った証拠《しょうこ》だ。そんな音がするぐらいの挿入となれば当然……

「あぁぁっっっ！」

ユウカが悲鳴《ひめい》といってもでは過言ではない嬌声を上げる。

予備動作がほとんどない状態で突き込まれ、しかもユウカが感じる場所へとペニスを叩きつけるように挿入すると、彼女の体はビクビクと痙攣《けいれん》に似た反応を見せた。

少しでも苦痛を感じているようなら挿入の勢いをいささか緩めてやろうと考えていたが、ユウカが漏《も》らしているのは艶《つや》っぽい喘《あえ》ぎ声。

ならば、このまま攻め立てても問題ないだろう。

それに、私自身にもそれほど余裕がなかった。

いきり立ったペニスを根元まで呑《の》み込ませ、抜け落ちる寸前まで引き抜き、そして互いの恥毛を押し付け合いながら奥深くまで挿入する。

ペニス全体を使った大きなストロークにより、ユウカの秘部から愛液が溢《あふ》れる。それが彼女の臀《でん》部《ぶ》を伝い、シーツにシミを作ってゆく。

その様子がとにかく卑猥《ひわい》で、もうこれ以上は膨張《ぼうちょう》しないと思っていた自身がさらに膨《ふく》らむ。張り出した傘の部分がグンと猛々《たけだけ》しさを増し、竿《さお》の部分は太さを増した。

凶暴極《きわ》まりない剛直で彼女のナカを割り開き、締め付けに逆《さか》らうようにズブズブと挿入を繰り返す。

「あ、うぅ……、ふ、くっ、やぁ……」

ユウカはきつく目を閉じ、薄く開いた唇をわななかせ、甘い声で啼《な》いていた。

根元までペニスを挿し込んで激しく揺すり、内部のイイところばかりをズンズン突き上げる。その動きに合わせて、柔《やわ》らかい胸がしきりに揺れる。

彼女の声はとても愛らしく、だが、その姿は淫靡《いんび》だ。相反する様子が、ますます私のペニスをいきり立たせた。

私の腰の奥で、熱がうねり出す。いよいよ絶頂が近い。

いや、その前にユウカをイカせてあげたい。

彼女の足をさらに大きく開き、自分の上半身を倒した。ユウカを両腕できつく抱き締め、ずっぽりと呑《の》み込ませているペニスを奥の奥まで捻《ね》じ込む。

愛液が泡立つほど、グジュグジュとかき混ぜてやった。

するとこれまでヤワヤワと締め付けていた膣壁が収縮を始め、射精を促《うなが》す。

その絶妙な感覚に、もっていかれそうになったが、奥歯を食いしばり、必死にこらえる。

しかし、絶頂はすぐ目の前だ。そう長くはもたない。

私はこめかみに汗が伝《つた》うのを感じながら、激しく腰を押し付け、ペニスの先端でユウカの奥を、擦り、叩きつけてはグリッと抉《えぐ》る。

しばらくそうしていると、ユウカの身が強張《こわば》り、華奢《きゃしゃ》な足の指がクッと丸くなった。

そして——

「ひ、あぁ……、ああっ‼」

息を詰めた後に甲高《かんだか》い嬌声を上げ、そしてガクンと弛緩《しかん》した。絶頂を迎えたユウカのナカがビクビクと痙攣《けいれん》しながら締め付けてくる。

さすがにもう、耐えられない。

ユウカの肩口に顔を埋《うず》めて、最後の追い上げとばかりに腰を打ち付けること数回。熱い飛沫《ひまつ》がペニスの先端から一気に噴き出した。

「くっ……」

大きな快感に襲《おそ》われ、思わず低く呻《うめ》いてしまう。ユウカも私も、全身に汗が浮かんでいた。

「は、ぁ……、あ……」

ユウカの上に倒れ込み、荒い呼吸を繰り返す。

重ね合った肌から互いの心臓の鼓動を感じる。自分と同じように強く速いそれに自然と笑みが零《こぼ》れた。

自分はこんなにユウカに惹《ひ》かれ、求めてやまない。彼女を愛したくてたまらない。

人間の三大欲求は性欲、食欲、睡眠欲だが、ユウカと出会うまでの私には性欲が欠けていた。

その私の性欲が、ユウカによって覚醒《かくせい》したのだ。

「……ならば、責任を取ってもらいましょう」

この先、何度でも、それこそ一生をかけて、彼女には私の性欲に付き合ってもらわなくては。

腕の中で苦しげな浅い呼吸を繰り返しているユウカを見て、ニヤリと口角を上げる。

私のつぶやきを聞きつけたらしい彼女は、うつろな声で、

「和馬さん？」

と呼んできた。

「いえ、なんでもありませんよ」

穏やかに微笑《ほほえ》み、彼女を安心させてやる。己の中で息付く仄暗《ほのぐら》い欲求を包み隠《かく》して。

これ以上見つめ合っていて考えていることを悟られてはいけないので、ユウカの髪に頬ずりして顔を隠《かく》す。

私がユウカを愛することは、きっと、本能レベルで決まっていたのだろう。

猛獣《もうじゅう》が可憐《かれん》な花を求めるなど笑い話にもならないだろうが、たとえどんな生き物でも本能には逆《さか》らえないのだ。

報課に所属し、社内報の制作を担当する
人ＯＬの小向日葵《こひまり》ユウカ。
女は、黒スーツをまとった「黒豹」のような
長付きの秘書兼ＳＰの竹若に
ぜか気に入られてしまう。
いものに目がないユウカは、
菓子を片手に迫る彼の甘い罠にかかり……!?

判　定価：640円＋税　ISBN 978-4-434-20716-7

Kotori Sakuragi
Rin Kotoki

原作：桜木小鳥　漫画：琴稀りん

富《と》樫《がし》一《いち》花《か》、25歳カフェ店員。
楽しくも平凡な毎日を送っていた彼女の日常は、
ある日一変した。
来店したキラキラオーラ満載の王子様に
一目惚れし、玉砕覚悟で告白したら、
まさかのOKが！
だけど彼の態度は王子様というより、
まさに王様で——!?

B6判　定価：640円+税　ISBN 978-4-434-20822-5

京 みやこ（きょう みやこ）
ホンワカほのぼの＆ちょっぴり切ない恋愛小説をメインにWEBにて活動中。趣味はお菓子作り。作ることも食べることも大好き。

イラスト：胡桃

本書は、「小説家になろう」(http://syosetu.com/) に掲載されていたものを、改稿・改題のうえ書籍化したものです。

黒豹注意報《くろひょうちゅういほう》4 ～純情《じゅんじょう》ＯＬタンポポの成長《せいちょう》～
京 みやこ（きょう みやこ）

2015年 8月31日初版発行

編集ー斉藤麻貴・宮田可南子
編集長ー塙綾子
発行者ー梶本雄介
発行所ー株式会社アルファポリス
〒150-6005 東京都渋谷区恵比寿4-20-3 恵比寿ｶﾞｰﾃﾞﾝﾌﾟﾚｲｽﾀﾜｰ5F
TEL 03-6277-1601（営業） 03-6277-1602（編集）
URL http://www.alphapolis.co.jp/
発売元ー株式会社星雲社
〒112-0012東京都文京区大塚3-21-10
TEL 03-3947-1021
装丁イラストー胡桃
装丁デザインーMiKEtto
（レーベルフォーマットデザインーansyyqdesign）
印刷ー株式会社廣済堂

価格はカバーに表示されてあります。
落丁乱丁の場合はアルファポリスまでご連絡ください。
送料は小社負担でお取り替えします。

ISBN 978-4-434-20977-2 C0093